猎魔人

Ostatnie Życzenie
最后的愿望

[波兰]安杰伊·萨普科夫斯基 著　[法]米卡埃尔·布尔吉安 绘　巩宁波 译
Andrzej Sapkowski　　　　　　Mikaël Bourgouin

重庆出版集团　重庆出版社

THE WITCHER ILLUSTRÉ : LE DERNIER VOEU
© Andrzej Sapkowski, 1993 for the text. Original Title: Ostatnie życzenie
(a novella contained in OSTATNIE ŻYCZENIE (THE LAST WISH), a collection of short stories)
© Editions Bragelonne 2021 for the illustrations.
Published in arrangement with Patricia Pasqualini Literary Agency.,
through The Grayhawk Agency Ltd.
Simplified Chinese Translation Copyright © 2023 by Chongqing Publishing House Co., Ltd.
All right reserved.

版贸核渝字（2022）第35号

图书在版编目(CIP)数据

猎魔人. 最后的愿望 / (波) 安杰伊·萨普科夫斯基基著,(法) 米卡埃尔·布尔吉安绘；
巩宁波译. 一重庆：重庆出版社，2023.12
ISBN 978-7-229-17845-1

Ⅰ.①猎… Ⅱ.①安… ②米… ③巩… Ⅲ.①长篇小说—波兰—现代
Ⅳ.①I513.45

中国版本图书馆CIP数据核字(2023)第147052号

猎魔人·最后的愿望
LIEMOREN·ZUIHOU DE YUANWANG

[波兰]安杰伊·萨普科夫斯基 著　　[法]米卡埃尔·布尔吉安 绘　　巩宁波 译
责任编辑：邹　禾　魏映雪　方　媛
装帧设计：徐　图
责任校对：刘　艳

 重庆出版集团 出版
重庆出版社

重庆市南岸区南滨路162号1幢 邮政编码：400061 http://www.cqph.com
重庆出版社艺术设计有限公司 制版
重庆市豪森印务有限责任公司 印刷
重庆出版集团图书发行有限责任公司 发行
E-mail:fxchu@cqph.com 邮购电话：023-61520646
重庆出版社天猫旗舰店
cqcbs.tmall.com
全国新华书店经销

开本：889mm×1194mm　1/8　印张：8　字数：70千
2023年12月第1版　2023年12月第1次印刷
ISBN：978-7-229-17845-1
定价：88.00元

如有印装问题，请向本集团图书发行有限公司调换：023-61520678

版权所有　侵权必究

作者简介：

米卡埃尔·布尔吉安

米卡埃尔·布尔吉安于 1982 年出生在法国里昂，曾在位于家乡的艾米丽·科尔艺术学院学习插画和漫画。2004 年刚毕业，他便收到脚本作家蒂埃里·格洛里的邀请，为《天使药典》绘图，这是一个三部曲，后于 2006 年到 2009 年间陆续出版。随后他参与《天空娃娃拉克里玛·克里斯蒂》项目，为芭芭拉·卡内帕和亚内山德罗·巴尔布奇的短篇小说选集配图。米卡埃尔·布尔吉安致力于绘画事业，除了漫画之外，他制作分镜脚本，并为众多出版商绘制了封面插图。在 2013 年和 2014 年出版的双联漫画《蓝色音符》，其脚本是他与马修·马里奥勒共同创作，讲述了在美国禁酒时期①最后阶段，一位拳击手和爵士乐手的故事。2014 年，他和插画师朋友扬·蒂斯龙、安东尼·让一起加入了一部向《荷马史诗》致敬的作品（格雷纳达出版社）。

米卡埃尔·布尔吉安长期与布拉热洛涅出版社合作。由于精通丙烯绘画，得以受到委托创作"猎魔人"绘本第三卷《最后的愿望》。最近他加入新项目漫画《誓言》，同马修·加贝拉合作。

安杰伊·萨普科夫斯基

安杰伊·萨普科夫斯基 1948 年生于波兰。曾获"扎伊德尔"②奖（先后共五次）、"大卫·盖梅尔"奇幻文学奖，并获颁波兰文化与民族遗产部授予的文化功绩奖章。他创作的《猎魔人》传奇故事被翻译成了 37 种语言，总销量超过 1500 万册，还改编为电子游戏《巫师》系列，拍摄多部真人连续剧等，取得了国际性的成功。他从斯拉夫神话、北欧神话等古老的神话传说和流行的童话故事中汲取灵感，用讽刺手法将故事讲述得更为巧妙，并以此探讨更具有当代意义的问题：歧视、异化，以及在不断变化的世界中寻找意义。

他的另一部代表作，历史幻想巨著《胡斯》以 15 世纪欧洲波希米亚十字军东征为背景，第一卷《愚人之塔》（*Narrenturm*）即将在本社出版。

译者简介：

巩宁波，山东淄博人，文学硕士，天津外国语大学欧洲语言文化学院波兰语专业负责人、波兰语讲师，研究方向为波兰文学、语言学、区域与国别研究。2014 年毕业于北京外国语大学欧洲语言文化学院波兰语专业，获文学学士。2017 年毕业于波兰华沙大学波兰语言文学系，获文学硕士。译有《希姆博尔斯卡选读札记Ⅱ》。

① 1920—1933 年。
② 波兰幻想文学最高荣誉。

1

两条长须的鲶鱼脑袋浮出水面,拼命拖拽鱼线。水面翻腾,水花四溅,白色的鱼肚闪闪发亮。

"小心,雅斯科尔!"猎魔人大喊道,他的鞋跟已经陷入湿软的沙地,"撑住了,该死的!"

"我撑着呢……"诗人嘟囔道,"我的妈呀,真是头怪物!这还是鱼吗,简直是头巨兽!我们有口福啦!"

"放一点,放一点,线快断了!"

鲶鱼潜到水底,突然一个加速,逆着水流向河弯处冲去。鱼线嘶嘶作响,雅斯科尔和杰洛特的手套轻烟冒起。

"快拉,杰洛特,快拉!别放了,要缠到树根上了!"

"线要断了!"

"不会断的!快拉!"

两人弯下腰去,使劲拉线。鱼线切割着水面,颤动不止,飞溅的水珠在冉冉升起的阳光下闪耀着水银般的光亮。鲶鱼突然上浮,在水面上扑腾起来,鱼线一下子松动不少。两人终于缓了口气。

"把它熏了吧。"雅斯科尔气喘吁吁道,"把它带到村子里,找人熏了。鱼头的话,就拿来炖汤!"

"小心!"

碰触到鱼肚下的浅滩,鲶鱼一个扑腾,竟将长达两英寻的巨大身躯的一半跃出水面,旋即鱼头猛甩,扁平的鱼尾迅速摆动,向着深水迅疾冲去。两人的手套又冒出了轻烟。

"快拉,快拉!狗日的,把它往岸上拉!"

"线要断了!快放线,雅斯科尔!"

"别怕,继续拉!鱼头……就拿来炖汤……"

被再次拖到浅滩的鲶鱼不停扑腾,竭力拽线,仿佛是在宣称它可没那么容易被放进锅里。溅起的水花足有一英尺高。

"鱼皮卖了换钱……"雅斯科尔脚蹬沙地,两手拽着鱼线,脸憋得通红,"鱼须……鱼须就拿来做……"

永远不会有人知道,诗人打算拿鲶鱼须做什么了,"噌"的一声,鱼线断了,两人一下子失了平衡,跌坐在湿软的沙地上。

"瞧你干的好事!"雅斯科尔的吼声在柳林中回荡,"到嘴的大餐没了!赶紧去死吧,死鲶鱼!"

"我说了别使劲拉线。"杰洛特拍拍裤子上的泥土,"朋友,你太着急了。钓鱼对你来说就像狗屁股塞黄豆——一窍不通。"

"胡说！"吟游诗人反驳道，"那怪物之所以能上钩还不全是因为我。"

"有意思。我布线时，你可一点忙都没帮，就知道弹着鲁特琴，扯着嗓子四处乱号。"

"这你就有所不知了。"雅斯科尔咧嘴一笑，"你打盹时，我取下了鱼钩上的鸡婆虫，挂上了一只我在灌丛里发现的死乌鸦。本来我是想一大早瞧瞧你钓起乌鸦时的窘样，刚巧鲶鱼咬了钩。就你那些鸡婆虫，屁都钓不上来一个。"

"鱼是上钩了……"猎魔人将鱼线缠在"丫"字形的小棍上，冲水面啐了口唾沫，"可鱼线断了，还是因为你像个傻子似的拼命拽线。别唠叨了，赶紧去把剩下的线缠起来。太阳升起来了，该上路了。我去打包。"

"杰洛特！"

"干吗？"

"另一根鱼线也有情况……该死，不是鱼，不过是挂在了什么东西上。见鬼，这玩意跟石头一样重，我拽不动！哎，动了……哈哈，快看，我钓上了什么！说不准是德士莫德国王统治时期的沉船残骸！真他妈的大！快过来看看，杰洛特！"

雅斯科尔未免有些太过夸张，被拽出水面的是一团被腐烂粗绳捆得严严实实的东西，表面附有大量的破网和水藻，其大小远不及那位传奇帝王统治时期的沉船。吟游诗人把那团东西丢到沙滩，开始用鞋尖戳来戳去。水蛭、钩虾和小龙虾爬来爬去，使得水藻不时蠕蠕而动。

"哈！瞧瞧，我发现了什么！"

杰洛特好奇地走上前去。那团东西原来是一个有豁口的石瓶，造型与双耳瓶相像，表面的水藻、密密麻麻的石蛾和蜗牛早已腐烂，因而通体呈现黑漆漆的颜色。它缠在了一张渔网中，散发着淤泥的恶臭。

"哈！"雅斯科尔再次自豪地喊道，"你知道这是什么吗？"

"当然。这是个破瓶子。"

"你错了。"吟游诗人一边拿小木棍刮下石瓶表面的贝壳和干结成块的泥巴，一边高声道，"这可不是普普通通的瓶子，这是魔瓶。里面可装着能实现我三个愿望的镇尼呢。"

猎魔人笑出了声。

"爱信不信。"雅斯科尔刮完了泥巴和贝壳，弯下腰去冲洗瓶子，"瓶塞上可有个密封印章，上面印着巫师的标志。"

"什么标志？给我看看。"

"又来了！"诗人把瓶子藏到背后，"就没你不想要的东西。这是我找到的，所有的愿望都归我。"

"别动这个封印！放手！"

"该放手的是你！它是我的！"

"雅斯科尔，当心！"

"你管我！"

"别碰它！噢，该死的！"

你争我抢之际，瓶子掉在了沙地上，一团发光的红色烟雾涌了出来。

猎魔人跃至一旁，飞也似的冲向营地去取长剑。雅斯科尔两手抱胸，一动不动。

升起的烟雾翻滚涌动，汇成了一个不规则的球体，飘浮在诗人脑袋的高度上。紧接着，球状烟雾变幻成一个奇形怪状、没有鼻子的丑陋脑袋，那脑袋的直径大概有一英寻，还长着一双巨大的眼睛和形似鸟喙的东西。

"镇尼！"雅斯科尔跺了跺脚，大喊道，"我解放了你，从此以后，我便是你的主人。我的愿望……"

那脑袋的鸟喙动来动去，似在说些什么。事实上，那东西根本不是鸟喙，而是它松垮下勾、畸形怪异、不断变形的嘴巴。

"快逃！"猎魔人大吼，"快逃，雅斯科尔！"

"我的愿望你给我听好了。"诗人继续道，"第一个，让希达瑞斯的吟游诗人瓦尔多·马克斯早日下地狱。第二个，卡埃夫城住着一位伯爵千金维吉妮雅，她谁也不愿嫁。让她嫁给我。第三个……"

永远不会有人知道，雅斯科尔的第三个愿望是什么了。那可怕的脑袋上突然冒出两只更可怕的爪子，死死掐住了吟游诗人的喉咙。雅斯科尔拼命挣扎，口中不断发出嘶哑的声音。

杰洛特迅捷如风，大迈三步，迫至怪头跟前。银剑挥动，怪头一侧被生生劈开，那东西发出骇人的咆哮，周身烟雾喷涌而出，膨胀变幻，体积骤然倍增。可怕的嘴巴如今也更为巨大，张张合合，不断发出刺耳的尖啸。那双爪子猛地拽起拼命挣扎的雅斯科尔，将他狠狠按到了地上。

猎魔人十指舞动，迅速结出阿拉德法印，倾尽所有能够调动的能量，注入到脑海之中。精纯的能量令他脑袋周围淡淡的光晕瞬间化为炫目的光线，射向那诡异的头颅。巨大的轰鸣几乎刺穿杰洛特的耳膜，内爆产生的气浪令整个柳林沙沙簌簌作响。怪物不断发出震耳欲聋的怒吼，体积变得更为庞大，但它放开了诗人，腾空而起，盘旋数圈，舞动双爪，飞到了河面上。

猎魔人冲上前去，想把躺在地上一动不动的雅斯科尔拉开。就在此时，他的手指碰到了一个埋在沙土之下的圆形物件。

那是个黄铜的密封印章，上面印刻着一个断臂的十字架与九芒星。

悬浮在河面上的怪头已如干草垛般大小，大张着咆哮不止的巨口宛如一扇中等尺寸的谷仓门。它伸出巨爪，汹汹袭来。

杰洛特不知所措，只得攥紧铜印，冲着汹涌来袭的怪物伸出手去，大声念出了一个女祭司曾教过他的驱魔咒。此前他从未使用过这个咒语，归根结底，他并不相信它会有什么作用。

然而，咒语的效果却超乎预料。

铜印在他握紧的拳头中发出嘶嘶的声响，迅速升至烫手的高温。那空中飘浮的巨大怪头像被定住一般，纹丝不动地悬在河流上空。片刻之后，它咆哮一声，随后不断尖啸，逐渐散作翻涌变幻的烟雾，最后化为一个巨大的云团。那云团不断发出刺耳的锐鸣，以不可思议的速度向河流上游飞去，在水面上留下一道荡开的波纹，仅过数秒，云团已消失在远处，只有愈来愈轻的咆哮仍在水面回响。

杰洛特俯身查看在沙地上蜷成一团的诗人。

"雅斯科尔？还活着吗？雅斯科尔，该死的！你怎么样了？"

诗人晃动脑袋，两手乱拍，张嘴大叫。杰洛特眯起双眼，面色凝重起来。雅斯科尔是个受过专业训练的男高音，向来声音洪亮，若受了惊吓，嗓门更是能达到难以置信的高度。而此时，从吟游诗人嗓眼中挤出的声音，仅是几不可闻、沙哑难听的呜咽。

"雅斯科尔！你怎么样了？快说啊！"

"呵呵呵……呃呃呃……咳咳咳……次次次次次噢……"

"你哪儿疼？到底怎么了？雅斯科尔！"

"呵呵呵……次次次次……"

"什么也别说了。如果没什么问题，就点点头。"

雅斯科尔脸色十分难看，但仍竭力点了点头。而后，他立刻扭向一旁，蜷起身子，一边剧烈呛咳，一边吐出鲜血。

杰洛特咒骂一声。

2

"天呐!"守卫退后一步,放低油灯,"他这是怎么了?"

"朋友,放我们过去吧。"猎魔人扶着蜷在马鞍上的雅斯科尔,小声道,"如你所见,我们很赶时间。"

"确实。"守卫看着诗人煞白的脸色和溅到下巴上那已然凝结的黑血,吞了口唾沫,"这位先生受伤了?他看上去糟透了。"

"我赶时间。"杰洛特重复道,"我们从一大早赶路到现在了。放我们进去吧,拜托。"

"我们办不到。"另一名守卫道,"日出之后、日落之前才能通过城门,晚上不能放行。这是命令。除非有国王陛下或是市长先生的信物,再或是拥有纹章的贵族,否则谁也不能放行。"

雅斯科尔呜咽了几声,将身子蜷得更紧,额头靠在马鬃上,浑身打颤抽搐;接着开始剧烈地干呕。又一股细流顺着马颈上早已凝固的分叉血痕流了下去。

"两位,"杰洛特尽力保持冷静,"你们也看得到,他的情况有多糟。我必须要找到能治好他的人。放我们过去吧,拜托了。"

"别再说了,"守卫倚靠着长戟,说道,"铁令如山。放你们入城,我就得上颈手枷,还会丢了差事,到时候拿什么养活几个孩子?不行,先生,我不能放行。快把这伙计抬下马,扶到瓮城的房间里,我们给他包扎一下,奏效的话,他撑到天亮没问题。这天也快要亮了。"

"仅仅包扎根本治不好他。"猎魔人咬着牙道,"必须得找治疗术士、祭司、神医……"

"大半夜的,那种人你们也叫不醒。"另一守卫道,"我们能做的,就是让你们不必在城门前干等到天亮。房间里很暖和,也有地方可以安置伤员,总比让他待在马鞍上舒服。来吧,我们帮你把他扶下马。"

瓮城内的小房间的确温暖又舒适。壁炉中的火苗在欢快地跃动,

时而发出噼里啪啦的爆响，壁炉后有只蟋蟀疯了似的叫个不停。

一张沉重的方桌上摆着许多瓶子和盘子，桌前坐着三个男人。

"请见谅，先生们，"搀扶着雅斯科尔的守卫道，"打扰各位了……我想……大家不会反对……这位骑士，呃呃呃……和这个伤员……"

"你想的没错。"一个男人向他转头看去，接着站起身来。他的脸瘦削、硬朗，脸上的表情却十分丰富，"快，把他放床上。"

和另一个坐在桌前的男人一样，他是个精灵。从他们兼具人类与精灵特点的服饰不难判断，两人都是早已融入人类世界的定居精灵。第三个灰白头发的男人是人类，看上去年纪最大。从衣着和适合戴头盔的发型可以断定，他是个骑士。

"我是奇瑞丹。"那个表情丰富、更高一些的精灵自我介绍道。同所有古老种族的代表一样，他的年龄很难推断，有可能是二十岁，也有可能是一百二十岁。"这是我的堂兄弟艾迪尔。这位贵族是弗拉提米尔骑士。"

"贵族……"杰洛特暗自沉吟。然而，细看一眼那人束腰外衣上的刺绣纹章后，他的希望瞬间破灭：那是面一分为四的盾牌，上面纹有数朵金色百合，盾面被一条银色条纹斜切而过。这表明弗拉提米尔不仅是私生子，而且是人类与非人种族结合的后代，因此，尽管可以佩戴纹章，但他却不能被视作全权贵族，自然也就无法享有日落后入城的特权。

"很遗憾，"猎魔人的目光没有逃过精灵的眼睛；"我们也必须得在这儿待到天亮。对我们这种人而言，法律没有例外。骑士阁下，欢迎加入我们。"

"利维亚的杰洛特。"猎魔人自我介绍道,"我是个猎魔人,不是骑士。"

"他怎么了?"奇瑞丹指了指正被两名守卫安放到简陋小床上的雅斯科尔,问道,"看起来像是中了毒。如果真是中毒了,我能帮上点忙。我身上带了些好药。"

杰洛特坐了下来,简要讲述了河边发生的事情。听罢,两精灵面面相觑,灰白头发的骑士则紧皱眉头,啐了口唾沫。

"不可思议。"奇瑞丹道,"怎么会发生这种事?"

"瓶子里的镇尼。"弗拉提米尔喃喃道,"跟童话中一样……"

"也不完全一样。"杰洛特指了指在床上蜷缩成一团的雅斯科尔,"我从未听过任何一个童话会是这样的结局。"

"这可怜鬼所受的伤明显是魔法造成的。"奇瑞丹道,"恐怕我的药剂起不了多大的作用,但我至少可以帮他缓解痛苦。杰洛特,你喂他服过什么药了没?"

"止痛药剂。"

"来,搭把手。扶住他的头。"

雅斯科尔贪婪地喝下混在葡萄酒中的药物,最后一口被呛到了,一阵急促嘶哑的喘息过后,一口气吐到了皮枕头上。

"我认得他。"另一个精灵艾迪尔道,"他叫雅斯科尔,是个吟游诗人。我以前见过他,那会他还在希达瑞斯国王艾萨因的宫廷中唱歌。"

"吟游诗人……"奇瑞丹看着杰洛特,重复道,"那情况对他来说简直糟透了。他颈部和喉部的肌肉受了重伤,声带也开始发生变化,一定要尽快解除魔法,否则……他的嗓子就废了。"

"你的意思是……他再也不能说话了?"

"有可能还能说话,但绝对唱不了歌了。"

杰洛特一言不发,坐到桌前,额头抵在攥紧的双拳上。

"得找个巫师帮忙。"弗拉提米尔道,"魔法药剂和治疗术才管用。你得把他带到别的城镇去,猎魔人。"

"为什么?"杰洛特抬起头,"这儿呢?林德城里没有巫师?"

"全瑞达尼亚都找不出几个巫师。"骑士道,"对不对,精灵先生们?自从海里波特国王对魔法课以重税后,巫师们就一直抵制王都和那些严格执行国王法令的城市。而且听说,林德的市议员们对该法令的热衷程度更是远近闻名。不是吗?奇瑞丹,艾迪尔,我说

的对不对？"

"你说的没错。"艾迪尔同意，"不过……奇瑞丹，我能说吗？"

"不是能不能的问题，是必须得说。"奇瑞丹看着猎魔人，"况且全林德城都知道的事，也没什么好瞒的。杰洛特，有个女术士暂时住在城里。"

"想必是一直隐姓埋名吧？"

"并非如此。"精灵微笑道，"那人一向我行我素。巫师议会对林德的抵制也好，当地议会的法令也罢，她统统不放在眼里，甚至大赚了一笔——因为抵制行为导致这儿对魔法服务的需求十分庞大。当然，她一分钱的税也不会上缴。"

"城市议会对此坐视不理？"

"女术士住在一个商人的豪宅里。那人既是来自诺维格拉德的外贸商人，也是名义上的外交大使。在他的庇护下，谁也动不了她。"

"与其说是庇护，不如说是幽禁。"艾迪尔纠正道，"她其实是被囚禁在那儿的。但她从来不缺客人，而且都是些富豪。她完全不把那些议员放在眼里，经常组织舞会和狂欢……"

"那些议员气得火冒三丈，开始不择手段地煽动市民讨厌她，不遗余力地破坏她的名誉。"奇瑞丹补充，"他们不停散布与她有关的恶心谣言，一定是希望诺维格拉德国王会因此禁止那商人继续为她提供庇护。"

"我不想蹚这趟浑水，"杰洛特喃喃，"但我别无选择。那商人叫什么名字？"

"拜乌·白兰特。"猎魔人注意到，说出这名字时，奇瑞丹露出了不悦的神色，"的确，不管怎么说，这是你唯一的机会，更是床上那哼个不停的可怜鬼的唯一机会。至于女术士愿不愿意帮你……这我就不知道了。"

"去那的话你要格外当心一件事。"艾迪尔说，"市长的眼线在盯着那间宅子。如果被他们抓住了，你知道该怎么做：就没有钱开不了的门。"

"城门开了我就出发。那女术士叫什么？"

杰洛特留意到，奇瑞丹表情丰富的脸上挂上了淡淡的红晕，不过那也许只是炉火的反光。

"温戈堡的叶奈法。"

3

"老爷在睡觉。"守门人低头看着杰洛特,又重复了一遍。他比猎魔人高过一头,肩宽近乎是他的两倍,"聋了吗,臭流浪汉?听清楚了,老爷在睡觉。"

"让他睡吧。"猎魔人表示同意,"我不是来找你家老爷的,而是有笔买卖要和住这儿的那位女士谈一下。"

"买卖?"虽说长了一副五大三粗的模样,守门人却意外的牙尖嘴利,"臭叫花子,滚去妓院,那儿有的是做买卖的'女士'。赶紧滚吧。"

杰洛特解下腰带上的钱袋,提着皮制系绳掂量了几下。

"你收买不了我的。"守门人高傲道。

"我可没这打算。"

守门人太过笨重,根本来不及躲闪抑或挡住普通人的迅猛一击,甚至都没来得及闭上眼睛。沉甸甸的钱袋"砰"的一声砸到了他脑袋一侧。他撞在门上,双手紧抓门框。猎魔人一脚踢中他的膝盖,在大汉撒开双手、身体倾倒之际,肩膀运力,将他撞个趔趄,旋即欺身向前,抡动钱袋又是一下狠狠一击。守门人登时眼冒金星,双眼分别斜向两边眼角,看上去滑稽非常,软绵绵的双腿像两把折叠小刀般撇向两侧。猎魔人见那大汉看来快晕过去了,两手竟还在乱动,于是抡起钱袋,照着脑袋又来了一下。

"的确,就没有钱开不了的门。"他低声道。

门厅一片漆黑。门后左侧不断传来响亮的鼾声。猎魔人定睛看去,一张几乎已经散架的简陋小床上睡着个胖女人。她穿着裙裾,屁股没遮没挡,鼻子打着哨音般的鼾鸣。这情景可实在说不上雅观。杰洛特把守门人拖到这小房间里,关上房门,扣上了搭扣。

门的右侧是另一扇半掩的门,门后是向下的石阶。若不是下面传来的模糊骂声、东西坠地声和容器碎裂的清响,猎魔人也不会注意到这扇门。

下面的房间是个很大的厨房,里面到处是餐具,弥漫着草药和油柏的味道。一个赤身裸体的男人跪在石地板上,头垂得很低。他的周围满是陶罐碎片。

"苹果汁,狗娘养的。"他像不小心撞到城墙上的绵羊般晃着脑袋,含糊不清地说道,"苹果……汁。下……下人呢,去哪了?"

"你说什么?"猎魔人礼貌地问道。

男人抬起头,吞了吞口水。他的眼神十分迷离,眼里布满了血丝。

"她想喝苹果汁。"他说罢,费力地站起身,倚着烤炉,坐到了铺着羊皮的箱子上,"我得……拿到楼上……因为……"

"我可否有幸占用大商人拜乌·白兰特一点时间?"

"小声点。"男人痛苦地咧咧嘴,"别喊。听好了,那边的小桶里……有果汁。苹果的。盛上……扶我上楼,听到了吗?"

杰洛特耸了耸肩,接着感同身受地点了点头。自己虽不怎么酗酒,但商人这个烂醉如泥的状态,他可一点都不陌生。他从一堆瓶瓶罐罐中拿了个瓶子和锡杯,从小桶中取了些果汁。他听到鼾声,回过身去,赤身裸体的男人已经下巴抵着胸膛,沉入了梦乡。

一瞬间,猎魔人想拿果汁把他浇醒,但还是改了主意。他拿着瓶子,离开了厨房。长廊的尽头是一扇雕饰精美的沉重木门。他打开一道仅容一人挤过的缝隙,蹑手蹑脚地溜了进去。里面同样漆黑一片,于是他扩大了瞳孔。紧接着,他皱起了鼻子。

空气中弥漫着浓重的酸葡萄酒、蜡烛与坏掉的水果味。还有某种好像是丁香与醋栗混在一起的香气。

他四下打量。房间正中的桌上如同满目疮痍的战场,处处是罐子、大肚瓶、高脚杯、银盆、果盘和镶有象牙的餐具。皱巴巴的垫布早已被葡萄酒浸透,上面满是紫色的污渍与烛台流下的蜡泪,看上去肮脏而又僵硬。橘皮像花朵般点缀在一堆桃李果核、梨把儿与光秃秃的葡萄藤之间。一只打翻的高脚杯已然破碎。另一只倒还完好,但半杯酒中赫然插着块火鸡骨头。酒杯旁立着一只黑色的高跟拖鞋,材质是巴西利斯克的毛皮,再没有比这更为昂贵的制鞋材料了。

另一只拖鞋躺在一把椅子下,下面还垫着件随意丢弃的黑色连衣裙,裙上有白色的褶边与花纹刺绣。

杰洛特站在原地犹豫了片刻,他感到有些尴尬,心里涌起了一股转身就走的冲动。但这也就意味着,揍晕门厅里的守门人完全是白费力气了。猎魔人不喜欢做白费力气的事。他注意到了房间角落的旋梯。

台阶之上散落着四朵枯萎的白玫瑰与一张沾染了葡萄酒与胭脂色口红的餐巾。拾级而上,丁香与醋栗的芳香愈发浓郁。

旋梯的尽头是间卧室,室内的地板上铺着张毛茸茸的巨大兽皮,上面散落着一件花边袖口的白色衬衫和十几朵白玫瑰,还有一只黑色的高筒丝袜。

另一只高筒袜挂在一根雕饰精美的柱子上。这样的柱子共有四根,撑起了床上圆顶的幔帘。柱上雕刻着形态各异的宁芙与山羊。有些姿势相当有趣,有些则蠢得好笑。细细看去,其中有很多重复的图案。

杰洛特看着露在锦缎绒被外浓密的黑色波浪卷发，大声清了清嗓。被子动了动，从中传出一声呻吟。杰洛特更用力地清了清嗓。

"拜鸟？"被中人迷迷糊糊地问道，"果汁拿来了吗？"

"拿来了。"

黑色的大波浪下浮现出她苍白的鹅蛋脸、紫罗兰色的眼睛与嘴角微微上翘的薄唇。

"唔……"她的嘴角翘得更高了，"唔……我快渴死了……"

"喝吧。"

女人钻出被窝，坐了起来。她肩若雪绽，脖颈修长，脖上系了条黑色的天鹅绒丝带，丝带上镶有一颗璀璨的星形宝石，宝石周围点缀着如繁星般闪亮的碎钻。除此之外，她的身上一丝不挂。

"谢谢。"她从他手中接过杯子，贪婪地一饮而尽，而后抬手揉了揉太阳穴。被子滑落下去，露出更多春光，尽管不情不愿，杰洛特还是礼貌地撇开了视线。

"你究竟是谁？"黑发女人抓起绒被盖住身子，眯起双眼，问道，"你在这做什么？该死的，白兰特去哪了？"

"我该先回答哪个问题呢？"

这句调侃一出口，他已追悔莫及。只见女人抬起一手，一道金光从她的指间暴射而出。杰洛特本能地反应过来，两腕相交，迅速结出海利洛普法印，挡住了迫至眼前的法术，但巨大的冲击力仍将他弹飞，"咚"的一声撞上墙面后滑落下去。

"别动手！"他看到女人再次抬起了手，大喊，"叶奈法女士！我没有恶意！"

楼梯方向传来急促的脚步声，一堆下人出现在卧室门口。

"叶奈法女士！"

"回去吧。"女术士平静地命令道，"我这儿不需要你们了。雇你们来是让你们看家护院的，但既然这人已经进到这儿了，我自会亲自搞定。把我的话转告给白兰特，顺便给我把浴室准备好。"

猎魔人艰难起身。叶奈法眯着眼睛，一言不发，视线在他身上来回打量。

"你刚刚弹开了我的咒语。"终于，她出声道，"看上去并非巫师，不过反应速度却超乎寻常。说吧，没有恶意的陌生人，你究竟是谁？我建议你最好快说。"

"我是利维亚的杰洛特，是个猎魔人。"

叶奈法抓着柱子浮雕上的人羊羊角，从床上探出身子。她死死盯着杰洛特，伸手从地上捡起一件毛领大衣，而后裹紧身子，站了起来。她不慌不忙地又为自己倒了杯果汁，一饮而尽后，干咳一声，向他走来。杰洛特正小心翼翼地按揉刚才撞到墙壁、仍在发痛的尾椎骨。

"利维亚的杰洛特。"她黑色睫毛下的紫眸盯着他，说，"你怎么进来的？有什么目的？我希望，你没有伤害到白兰特吧？"

"没有，我没伤害他。叶奈法女士，我需要你的帮助。"

"没想到，"她把大衣裹得更紧，脸凑得更近，轻言道，"我能近距离观察的第一个猎魔人，不是别人，竟是大名鼎鼎的'白狼'。我听说过你的传闻。"

"我想象得到。"

"不知道你想的是哪些。"她打了个哈欠，随后凑得更近，"不介意吧？"她伸手抚摸他的脸颊，随后凑到他脸前，盯着他的眼睛。他咬紧了牙关，"你的瞳孔是自动适应光线，还是说可以随心所欲地放大缩小？"

"叶奈法。"他冷静说道，"我骑马赶了一整天的路才到林德，中途一刻不敢停歇。等待了几乎一夜，城门才放行。守门人不许我进，出于无奈，我开了他的瓢。接着莽撞又冒昧地打扰了你的好梦和安宁。

这一切都是因为我的朋友需要帮助，而且只有你才能帮到他。帮帮他吧，拜托，这事过后，如果你还有兴趣，我们可以聊聊突变和畸变。"

她后退一步，不悦地撇了撇嘴。

"要帮什么忙？"

"修复受到魔法伤害的器官，也就是喉咙和声带。伤害他的是一团猩红色的烟雾，或者说，是非常像红雾的东西。"

"非常像……"她沉吟道，"简而言之，用魔法伤到你朋友的并非是红雾。那会是什么呢？快说，一大早被吵醒，我既没力气，也懒得用法术探查你的大脑。"

"唔……我最好从头讲起……"

"哦，不。"她打断道，"那么复杂的话，就待会再讲。我嘴里一股异味，头发乱糟糟的，眼皮又湿又黏，起太早了浑身不舒服，这些让我的感知能力大受影响。你先下楼到地下室的浴室等我吧，我马上就去，到时再把一切告诉我。"

"叶奈法，我不想失礼，但时间紧迫。我朋友……"

"杰洛特，"她厉声打断道，"为了你，我从床上爬了起来，本来我可没打算在午时钟声敲响前起床。我还做好了不吃早餐的打算。你知道是为什么吗？因为你给我带来了苹果汁。你心急如焚，满脑子想的都是朋友的痛苦，为此大打出手，强行闯了进来，即便如此，你还是把一个口渴的女人放在了心上。我很欣赏这点，所以，不是没有向你施以援手的可能。但我可并不愿意再放弃热水澡。去吧，快点。"

"好吧。"

"杰洛特。"

"什么事？"他在门口停下了脚步。

"趁这机会你也洗个澡吧。闻到你身上的味道，我不但能猜出你的马的品种和年龄，甚至连毛色也能猜到。"

4

她走进浴室时，杰洛特正光着身子坐在一把小椅子上，提起小桶往身上冲水。他干咳一声，尴尬地转过身去。

"放轻松。"她把怀中的衣服丢到衣架上，说道，"我可不会看到裸男就晕倒。我朋友特莉丝·梅利葛德总是说，看过一个男人的身子，就等于看过了所有的。"

他拿毛巾裹在腰间，站了起来。

"这道疤真漂亮。"叶奈法看着他的胸膛微笑，"怎么弄的？摔到了锯木场的锯子底下？"

他没有回答。女术士仍然妩媚地歪着脑袋，饶有兴致地打量着他。

"我可以近距离观察的第一个猎魔人，竟几乎一丝不挂。哦吼！"她竖起耳朵，俯低身子，"我听到了你的心跳，频率非常慢。你可以控制肾上腺素的分泌？啊，原谅我旺盛的好奇心。似乎一提到身体特征，你便会异常敏感。你讨厌我描述特征的那些字眼，我更讨厌你油嘴滑舌的调侃。"

他没有接话。

"好了，不说这些了。我的洗澡水要冷掉了。"叶奈法做了似乎想要脱去大衣的动作，随即迟疑了一下，"我泡澡的时候，你就从头讲起，这样能省点时间。不过……我不想让你分神，况且我们还谈不上认识，所以，出于礼貌……"

"我把身子转过去？"他犹豫地建议道。

"不行。和人交谈时，我必须看着他的眼睛。我有个更好的主意。"

他听到了一声咒语，感到狼头徽章在颤动，随后，在他眼前，黑色的大衣轻轻地滑落到了地板上。接着，水花溅起的声音传入耳中。

"现在我看不到你的眼睛了，叶奈法。"他说道，"真是可惜。"

隐形的女术士哼了一声，开始在浴桶中清洗身子。

"讲吧。"

杰洛特在毛巾的遮盖下费力地提上裤子，坐到了长凳上。他边扣鞋扣，边讲河边奇遇，至于和那条鲶鱼的一番恶战，干脆三言两语草草带过，毕竟叶奈法看上去也不像是会对钓鱼感兴趣的人。

讲到雾形生物从瓶中冒出时，满是肥皂泡的大海绵停了下来，不再涂抹隐形的身体。

"嗯，嗯。"他听到她的话音，"有趣。封印在瓶子里的镇尼。"

"怎么会是镇尼。"他否认道，"那是一种猩红色的烟雾，是从未见过的未知生物。"

"从未见过的未知生物也得有名称。"隐形的叶奈法道，"镇尼这名称不比其他的差。接着讲吧。"

他继续讲了下去。浴桶中的肥皂水泛起了大量的泡泡，不断有水从边缘溢出。突然，有什么东西吸引了他的目光，他细细看去，原来遍布全身的肥皂泡已勾勒出她的曲线与轮廓。那美妙的身姿令他心猿意马，竟一时间说不出话来。

"继续讲啊！"她催促的声音从那轮廓传来，"后来呢？"

"没了。"他说道，"我赶跑了那个被你叫做镇尼的东西……"

"怎么办到的？"长柄水瓢凌空升起，泼下水去。肥皂泡和轮廓一同消失了。

杰洛特叹了口气。

"用咒语。"他说，"准确来说，是个驱魔咒。"

"怎么念？"又一瓢水泼了下去。猎魔人开始目不转睛地观察长柄水瓢的动作，尽管转瞬即逝，但流水同样可以勾勒一二。他重复了一遍咒语，出于谨慎，还特意把元音"e"换成了吸气音。他本以为，这种稳重的行事原则会博得女术士的好感，谁料浴桶中却爆出一阵狂笑。

"有什么好笑的？"他凭异道。

"你的这个驱魔咒……"挂钩上的毛巾凌空飞过，开始迅速地拭去余下的轮廓，"要是我跟特莉丝说了，她一定会笑出泪来！猎魔人，谁教你的这……咒语？"

"胡德拉神殿的一位女祭司。她说这是一种神秘的神殿语言……"

"没那么神秘。"毛巾搭到桶边，水滴溅到地板，湿漉漉的脚印显现出女士的足迹，"这压根不是什么咒语，杰洛特。我建议你最好别在其他神殿说这些词。"

"如果不是咒语，那它是什么？"在他眼前，两只高筒袜一只接着一只，凭空塑造出两条修长的美腿。

"是句打趣的话。"花边的三角内裤悬在空中，紧贴着一片空气，"不过有点粗俗。"

荷叶边领口的白衬衫凌空升起，显现出她的身形。猎魔人留意到，女士们通常会穿的鲸骨内衬的衣物，叶奈法一件也没穿。的确，她并不需要。

"那话是什么意思？"他追问道。

"不用在意。"

软木塞从小桌上的方形水晶瓶中蹦了出去，浴室中弥漫起丁香与醋栗的香气。软木塞转了几圈，又蹦回原位。女士系好衬衫袖口，穿上长裙，解除了隐形魔法。

"帮我扣好。"她转过身去，拿玳瑁梳子梳起了头发。那梳子上有根尖锐的长刺，如有必要，完全可以替代匕首。

他故意放缓速度，一个钩扣接一个钩扣，帮她扣好长裙。她黑色的秀发如瀑布一般，不停散发出令人陶醉不已的芳香。

"那瓶子里的东西，"叶奈法边说，边把一对钻石耳坠戴上，"肯定不是被你那好笑的'咒语'赶跑的。说不准真相不过是它拿你朋友发泄一通，玩腻了就溜了。"

"有可能。"杰洛特失落地同意道，"因为我也不觉得，它是要飞去希达瑞斯干掉瓦尔多·马克斯。"

"瓦尔多·马克斯是谁？"

"一个吟游诗人，虽然同为音乐家和诗人，但他认为我朋友不过是个庸才，只会迎合愚民们的品位。"

女术士转过身，紫罗兰色的双眼中闪过奇怪的光亮。

"难道说，你的朋友说出了愿望？"

"还不止一个，是两个，而且都蠢得无可救药。为什么问这个？界灵、迪精、灯神实现愿望之类的传说，都只是些痴人说梦……"

"没错，当然是痴人说梦。"叶奈法微笑道，"那些讲述善良的神灵和女巫会实现愿望的传说，有一个算一个，全都是胡言乱语、痴心妄想，这个也不例外。这样的童话是那些可怜的傻瓜编出来的，他们甚至都编不出一个通过付诸行动实现了自己那些愿望和欲望的故事。利维亚的杰洛特，我很高兴你不是那种人。我们的灵魂又近了一步。我这个人，如果想得到一样东西，不会去白日做梦，而是会付诸行动。而且，我总能得到我想要的。"

"对此我毫不怀疑。你准备好了？"

"好了。"女术士系紧便鞋的鞋带，站了起来。即便踩着带跟的鞋子，她也并不是很高。她甩了甩头发，在他看来，尽管经过一番梳理，她的卷发依然有些蓬乱。

"杰洛特，我想问下，瓶子上的密封印章……还在你朋友手中吗？"

猎魔人犹豫了一会。印章并不在雅斯科尔手中，而是被他自己带在了身上。但经验告诉他，不该向术士透露太多。

"嗯……我觉得还在。"他故意引导她误解自己迟疑的缘由，"没错，应该在他手里。怎么？那印章很重要？"

"猎魔人这种对付超自然怪物的专家，怎么会问出这么奇怪的问题？"她厉声说，"身为猎魔人，就应当知道，这种印章千万不能碰。更不能让朋友碰到。"

他咬紧了牙关。这番话戳到了他的痛处。

"罢了。"叶奈法的语气缓和了许多，"人非圣贤，孰能无过，看来猎魔人也不例外，每个人都会犯错。好了，我们可以上路了。你的朋友现在在哪？"

"就在林德。在一个叫艾迪尔的精灵家里。"

她目不转睛地盯着他。

"艾迪尔家？"她嘴角翘起，露出微笑，"我知道他家在哪。我猜，他的堂兄弟奇瑞丹是不是也在那？"

"没错。你怎么……"

"没什么。"说罢，她抬起双手，闭上了眼睛。猎魔人脖子上的徽章开始震颤，剧烈地拉扯银链。

浴室潮湿的墙壁上突然出现了一个像门一样的发光轮廓，门框之中，磷光闪闪的乳白色虚空如同漩涡一般流动不休。

猎魔人暗骂一声。他并不喜欢魔法传送门，更不喜欢借助它移动。

"有必要吗……"他嘟囔，"又不是很远……"

"我不能在这座城的街道走动。"她打断道，"这里的人们容不下我，他们会骂我，会朝我扔石头，或许还会丢来更恶心的东西。有几个人一直在诋毁我的名誉，他们以为，这样做不会有任何后果。别怕，我的传送门很安全。"

杰洛特曾亲眼见过，有人通过安全的传送门时，一半身子飞了过去，另一半再也找不到了。还有人进了传送门，之后就再没出来过，这样的例子他也听过好几次。

女术士又整理了下头发，把一个镶着珍珠的钱袋系在腰间。钱袋很小，似乎只能装得下一把铜币和一支口红，但杰洛特心里清楚，那不是个普通钱袋。

"抱住我。再用力点，我又不是陶瓷做的。出发！"

徽章不停震颤，耀目的光芒闪过，杰洛特突然陷入了无尽的黑暗与刺骨的寒冷之中。他什么也看不到，听不到，感觉不到。寒冷是他唯一的知觉。

他想咒骂，却无法开口。

5

"她进去都一个小时了。"奇瑞丹倒过桌上的沙漏。

"我坐不住了。雅斯科尔的嗓子伤得这么严重？你不觉得该上楼去看看他们吗？"

"她明确说过不希望我们上去。"杰洛特将杯中的草药饮料一饮而尽，痛苦地咧了咧嘴。他很欣赏定居精灵们的智慧、温和的性情与特有的幽默感，但他们对于食物饮料的偏好，他实在无法理解，"我不打算去打扰她，奇瑞丹。解除魔法需要时间。只要雅斯科尔能痊愈，等上一天一夜我也愿意。"

"好吧，你说得对。"

隔壁房间里传来锤子敲打的声音。艾迪尔的房子其实是一家废弃的旅馆，买下之后，他打算翻新一遍，和自己的妻子——一个沉默寡言、不善言辞的女精灵——一同经营下去，当时也在瓮城过夜的骑士弗拉提米尔与他们关系很好，主动提出帮忙装修。猎魔人和叶奈法突然从光芒闪烁的传送门中跳出来时，着实吓了他们一大跳，等混乱刚刚平息，夫妇两人和骑士就忙着翻新细木护墙板去了。

"说实话，"奇瑞丹开口道，"我没想到，这事你这么容易就办成了。对帮人这种事，叶奈法可不算是个热心肠。别人的麻烦她怎么会放在心上，更别说会让她放弃美梦了。一句话，我从没听说过她无缘无故地帮人。我很好奇，帮了你和雅斯科尔，她会得到什么好处。"

"夸张了吧？"猎魔人笑了笑，"她给我的印象没那么糟。当然，她是喜欢展示自己的优越，但其他那些自命不凡的巫师相比，她算得上是高贵优雅、心地善良。"

奇瑞丹也笑了笑。

"这就有点像是在说，"他说道，"蝎子要比蜘蛛漂亮，因为它有条迷人的小尾巴。小心点儿，杰洛特。她把气质和美貌当作武器，用起来更是得心应手、肆无忌惮。不知道这点就评价她心地善良的人，你不是第一个。当然，这也丝毫不会动摇一个事实——她是个美艳绝伦的女人。这点你不否认，对吧？"

杰洛特仔仔细细地盯着精灵。这已经是他第二次看到精灵脸上的红晕。对此，他的惊讶之情并不亚于听到奇瑞丹的那番话。纯血精灵极少会迷上人类女性，哪怕她们有倾国倾城的容貌。而叶奈法，虽有其独特的魅力，却也称不上美人。

抛开眼光不谈，现实中也很少有人会用"美人"一词描述女术士。毕竟女术士全都出身于贫苦人家，这种家庭里的女孩，嫁人本是她们唯一的出路。但凡能把女儿嫁出去，从夫家那儿捞到些好处，谁会愿意把女儿送走，让她们经年累月地修习枯燥的魔法课程和忍受身体改造带来的折磨？谁会希望家里出个女术士呢？除了法师们的尊敬，女术士的父母从她们身上再得不到任何好处，因为女孩们在学成出师之前，就已经和家族断绝一干二净——女术士在乎的只有同为巫师的伙伴。所以，只有那些绝对嫁不出去的女孩才会成为女术士。女祭司和德鲁伊也不愿接纳丑陋与残疾的女孩，而女术士不同，她们会对每个流露意愿的女孩敞开大门。若经过长达数年的学徒生涯，女孩们还没被淘汰，就到了用魔法塑造身体的阶段——矫正弯曲变形、长短不一的双腿，修复畸形的骨骼，修补兔唇，抹去疤痕、胎记与痘印。年轻女术士变得"美艳绝伦"，是因为她们的行业要求如此。身为虚假的美人，她们眼神中的憎恨与冰冷不曾消失，她们无法忘记自己魔法面具下掩盖的丑陋，更无法忘记，容貌的重塑，并不是为了让她们获得幸福，而仅仅是为了行业名声。

不，杰洛特理解不了奇瑞丹。身为猎魔人，他的双眼注意到了太多的反常。

"不，奇瑞丹。"他回答道，"我不否认。也谢谢你的提醒。但现在我关心的只有雅斯科尔。看着他在我身边痛不欲生，我却无能为力。我救不了他，也帮不了他。只要她能治好他，我情愿光着屁股坐到蝎子身上。"

"你最该提防的就是这个。"精灵露出谜一般的微笑，"叶奈法很清楚这点，而且一定会善加利用。别相信她，杰洛特。她很危险。"

他没有接话。

"吱悠"一声，楼上传来开门的声音。她站在楼梯旁，倚在长廊的栏杆上。

"猎魔人，你能上来一会吗？"

"当然。"

女术士倚靠在一扇房门上，里面的房间是少数几间家具齐全的房间之一，也是他们安置受伤的吟游诗人的地方。猎魔人走了过去，他一言不发，目光在她身上来回打量。他看到她的左肩略高于右肩，鼻子有点太长，嘴唇有些太过单薄，下巴有点太凹，眉毛有点太乱，眼睛……

他看到了太多细节。这完全是多此一举。

"雅斯科尔怎么样了？"

"你质疑我的能力？"

他的目光仍未移开。她拥有二十岁女孩的身材，至于真实年龄，他无意猜测。她的一举一动中带着与生俱来、毫不做作的优雅。不，根本无法猜出她以前的容貌，猜出她重塑了什么。他不再想了，这没有任何意义。

"你那才华横溢的朋友会痊愈的。"她说道，"唱歌的能力也会恢复。"

"我欠你一个人情，叶奈法。"

她笑了笑。

"会有机会让你还的。"

"我能去看看他吗？"

她的嘴角露出古怪的笑容，盯着他沉默了一会，手指不停敲击着门框。

"当然可以，进吧。"

猎魔人脖子上的徽章开始有节奏地剧烈颤动。
　　地板的正中央摆着个小西瓜大小的玻璃球，球体闪烁着乳白色的光芒。以光球为中心，一个绘制精准的九芒星占据了整个地板，其尖角延伸到了房间的四壁与角落。九芒星内嵌着一个红漆绘制的五芒星，其五角各放有一只造型诡异的烛台，其上燃着黑色的蜡烛。雅斯科尔躺在床上，身上盖着羊皮，在这张床的床头板上，也燃着数支黑色的蜡烛。诗人的呼吸平稳和缓，不再急促，他脸上的痛苦表情已经消失，取而代之的是洋溢着幸福的傻笑。
　　"他睡得很熟。"叶奈法道，"正做梦呢。"
　　杰洛特仔细观察地板上绘制的图案。他感觉到隐藏其中的魔法，但他知道，那魔法仍在休眠，并未被唤醒。它就同一只在打瞌睡的狮子，随时会发出凶猛的吼声。
　　"这是什么，叶奈法？"
　　"陷阱。"
　　"为谁而设的？"
　　"暂时而言，是为你。"女术士拧转锁里的钥匙，而后把它放到手中，手心一翻，钥匙便消失了。
　　"看样子，我已经掉进了陷阱。"他冷冷道，"接下来呢？你要夺走我的贞操？"
　　"想得美。"叶奈法坐到床边。仍在傻笑的雅斯科尔不停发出轻轻的呻吟。无疑，那是快活的呻吟。
　　"这是什么意思，叶奈法？如果是游戏，我还不知道规则。"
　　"我提醒过你，"她开口道，"我总能得到我想要的。解释下就是，我想要雅斯科尔手里的东西。东西到手，我们就分道扬镳。别担心，他不会受到任何伤害……"
　　"你在地板上绘制的古怪法阵，"他打断道，"是用来召唤恶魔的。召唤恶魔的地方总会有人受到伤害。我会阻止你。"
　　"……他一根头发都不会掉。"女术士置若罔闻，继续说道，"他的嗓音会变得更加悦耳，他也会更加满足，更加幸福。我们所有人都会幸福。然后，我们就可以无怨无悔地分道扬镳。"
　　"啊，维吉妮雅……"雅斯科尔闭着眼睛呻吟，"你的双乳美不胜收，天鹅的绒羽也不及它们柔软……维吉妮雅。"
　　"他疯了吗？这是在胡说些什么？"
　　"他在做梦。"叶奈法微笑道，"他的愿望在梦里实现了。我仔细探查过他的大脑。里面东西不多，只有一点淫念、几个愿望和很多诗歌。这些都不重要。杰洛特，我知道，瓶子上的印章不在吟游诗人手里，而是在你身上。把它交给我吧。"
　　"你要拿它做什么？"

　　"该怎么回答你的问题呢？"女术士妩媚一笑，"不妨这么说吧：关你屁事，猎魔人。听到这答案，你满足了吗？"
　　"不，"他坏笑道，"我不满足。千万不要为此自责，叶奈法。我是个很难满足的人。目前为止，只有达到平均水准之上的寥寥几人做到过。"
　　"真遗憾，那就这样吧，得不到满足是你的损失。把印章交给我。别摆出这副表情，一点也不适合你的气质和肤色。如果还没意识到，那我提醒你一下，你欠我的人情现在就开始还了，印章就是治好歌手嗓子的首期款。"
　　"看来，你把这人情债分成了很多期。"他冷冷道，"好吧，我早该料到的。不过，我希望这是场公平交易，叶奈法。购买你帮助的人是我，那偿还的人也该是我。"
　　她的嘴角翘起，露出笑容，但紫罗兰色的眼睛一眨不眨，透露出冰冷的寒意。
　　"这你不必担心，猎魔人。"
　　"是我，"他重复道，"不是雅斯科尔。我先把他带到安全的地方。完事之后，我会回来偿还第二期和后续的人情债。至于首期……"
　　他把手伸入腰带上的暗袋，从中取出刻有九芒星与断臂十字架的黄铜印章。
　　"给，拿着吧。别把它当作首期还款，就当作是一个猎魔人心存感激的证明，虽说别有用心，但你对待他的态度仍要比大多数巫师要友好得多。就当作是善意的证明，这善意应该能让你相信，在确认朋友的安全后，我会回来还债。我没能留意到花丛之中的蝎子，叶奈法。我已经准备好了为我的粗心买单。"
　　"说得真棒，"女术士双手抱在胸前，"让人感动又同情。但可惜，白费力气。我需要雅斯科尔，他得留在这。"
　　"他已经面对过一次你打算引来的东西了。"杰洛特指了指地板上的法阵，"在你准备就绪，把镇尼引来后，无论如何保证，雅斯科尔一定会受到伤害，甚至会比上次伤得更重。因为你在乎的只有瓶子里的那东西，不是吗？你打算驯服它，让它认你为主？不必回答，我知道，答案是关我屁事。你爱怎么做就怎么做，招来十只恶魔也没人管，但雅斯科尔不能留下。如果伤到了他，那谈不上是公平交易了，叶奈法，而且债是我欠下的，你没有权利让他来还。我不允许……"
　　他的话音戛然而止。
　　"我刚才一直在好奇，你什么时候才会察觉到。"女术士咯咯笑道。
　　杰洛特绷紧肌肉，牙关咬到发痛，集中所有意念。无济于事。他像瘫痪了一般，整个人如同一尊石像，如同一根深埋土中的柱子。他连鞋子里的一根脚趾都动弹不得。

"我知道,你能抵挡正面袭来的咒语。"叶奈法道,"我也知道,在下定决心,采取什么行动之前,你会尝试用口才打动我。在你喋喋不休时,悬在你头顶的咒语早已催动,慢慢摧毁你的力量,现在,你能做的只有说话了。不过别再白费力气打动我,我知道,你是个能言善辩的人,但若继续说个没完,结果只会适得其反。"

"奇瑞丹……"仍在努力对抗魔法麻痹的杰洛特艰难开口,"奇瑞丹会察觉到你在搞鬼。他很快就会产生怀疑,因为他不信任你,叶奈法。他一开始就不信任你……"

女术士抬手一挥,房间的墙壁瞬间变得模糊不清,呈现出融为一体的暗灰色结构和色彩。门消失了,窗户消失了,就连满是灰尘的窗帘与墙上落满苍蝇的装饰画也消失了。

"奇瑞丹察觉了又能怎样?"她嘴角上扬,露出坏笑,"指望他跑来帮忙?谁都穿不过我的屏障。更何况奇瑞丹哪都不会去,他不会做任何违抗我的事。听清楚了,是任何事。他中了我的咒语。不,那可不是黑魔法,我从没有施放过黑魔法,只不过是让他的身体发生了点正常的化学反应。那笨蛋爱上了我。你不知道?你能想象吗,他甚至打算跟拜乌决斗?妒火中烧的精灵,这可罕见得很。杰洛特,我可不是无缘无故选择这栋房子的。"

"拜乌·白兰特、奇瑞丹、艾迪尔、雅斯科尔。不言而喻,你用最简单的方式达到了目的。但我不会中招,叶奈法。"

"你会的,别心急。"女术士从床边起身,款步走来,一路小心翼翼地避开地板上绘制的符号与文字,"毕竟我说过,治好了诗人,你欠我一个人情。我要你帮我一个小忙。结束这里的事情后,我会马上离开林德,不过,我在这座城里还有些……没有算清的账,姑且就这么说吧。我曾经跟城里几个人许过些诺言,我这人又一向信守承诺。既然我没时间亲自去,那就由你代我履行承诺吧。"

他拼尽全力地抵抗麻痹,仍然无济于事。

"别挣扎了,猎魔小子。"她露出恶毒的笑容,"没用的。你意志强大,对魔法有很强的抗性,但我和我的咒语,你是对付不了的。别在我面前耍什么花样。别企图用桀骜不驯的阳刚之气把我迷住。别以为我驯服不了你。就算不用咒语,为了救你的朋友,你也会不计代价,为我做任何事,甚至会舔干净我的鞋子。如果我突发奇想,想要找点别的乐子,你也会乖乖照做。"

他沉默不语。叶奈法笑意盈盈地站在他面前,把玩着天鹅绒丝带上的星形黑曜石。宝石边缘的碎钻如繁星熠熠生辉。

"在拜乌卧室交谈几句后,"她继续道,"我就知道了你是个什么样的人。也知道了,我要在什么时候跟你索要报酬。我在林德的账交给谁去算都一样,比方说奇瑞丹。但我选择了你,因为你必须付出代价,为你自以为是的桀骜不驯、冷冰冰的眼神、想要窥探一切的目光、面无表情的脸、油嘴滑舌的调侃付出代价。站在温戈堡的叶奈法面前,你还自认为能够一边把她当作孤芳自赏的自大狂、别有用心的小妖婆,一边又瞪着大眼盯着她满是肥皂泡的乳头。付出代价吧,利维亚的杰洛特!"

她双手抓住他的头发,猛然吻住他的嘴唇,像吸血鬼般咬了下去。狼头徽章剧烈颤动,杰洛特感到银链在不停收缩,如绞索勒住了他的脖子。他的脑海纷乱如麻、强光闪烁,耳中响起强烈的嗡鸣。他无法再看到女术士紫罗兰色的眼瞳,陷入无边无际的黑暗之中。

他跪在地上。叶奈法在用温柔的声音说着什么。

"记住了吗?"

"记住了,女士。"

那是他自己的声音。

"去吧,照我的吩咐去做。"

"遵命,女士。"

"你可以吻我的手。"

"谢谢,女士。"

他感觉,跪在地上的自己在向她靠近。他的脑海中似乎有上万只黄蜂在嗡鸣。她的手散发着丁香与醋栗的香气。丁香与醋栗……丁香与醋栗……夺目的光芒一闪而过,无尽的黑暗卷土重来。

栏杆,楼梯。奇瑞丹的面孔。

"杰洛特!你怎么了?杰洛特,你要去哪?"

"我必须……"这是他自己的声音,"我必须去……"

"天呐!快看他的眼睛!"

大惊失色的弗拉提米尔。艾迪尔的面孔。接着是奇瑞丹的声音。

"住手!艾迪尔,住手!别碰他!别阻止他!让开,艾迪尔!别挡他的路!"

丁香与醋栗的香气。丁香与醋栗……

门。猛烈的阳光。好热。好闷。丁香与醋栗的香气。雷雨要来了,他想到。

这是他最后的清醒意识。

6

　　黑暗。芬芳……
　　芬芳？不，是恶臭。是尿液、腐烂的稻草与馊掉的抹布散发的恶臭。凹凸不平的石墙上，一支火把卡在铁支架中，腾起的黑烟同样臭不可闻。火光在遍布稻草的地面上投下了影子……
　　格栅的影子。
　　猎魔人咒骂一声。
　　"你终于醒了。"他感到有人把他扶起，让他倚靠到湿漉漉的墙壁上，"见你晕了这么久，我都开始担心了。"
　　"奇瑞丹？我们……见鬼，我的头要裂开了……我们这是在哪？"
　　"你觉得呢？"
　　杰洛特擦了擦脸，看向四周。对面墙下坐着三个衣衫褴褛的人。三人所坐的地方离火把光线最远，几乎是一片漆黑，所以他们的样貌看不真切。将他们与火光照亮的通道分隔开来的格栅底下，蹲坐着一团外表来看只能让人联想起破布的东西。事实上，那是个骨瘦如柴、鼻如鹳嘴的老头。肮脏油腻、结成一团的乱发与身上衣服的破烂程度表明，他待在这里可不是一天两天了。
　　"我们被扔进了地牢。"他黯然道。
　　"我很高兴，"精灵道，"你恢复了推理的能力。"
　　"该死……雅斯科尔呢？我们在这里蹲了多长时间？过去多久了……"
　　"不知道。被扔进来的时候，我和你一样，都没有意识。"奇瑞丹拢了拢稻草，好让自己坐得更舒服些，"过了多久重要吗？"
　　"当然重要，狗日的。叶奈法……和雅斯科尔在一起。雅斯科尔还在她那儿，而她打算……喂，你们几个！我俩被关进来多久了？"
　　三人窃窃私语了一番，但没人回答他的问题。

"聋了吗?"杰洛特啐了口唾沫,但还是除不掉嘴里的血腥味。

"大人们,"终于,一人开口道,"求你们了,别搭理我们也别和我们说话。我们就是几个小毛贼而已,不是什么政客。我们又没有袭击权贵。我们就是小偷小摸而已。"

"对呀,"另一人开口道,"你们有你们的墙角,我们有我们的,咱们管好自己,井水不犯河水就行。"

奇瑞丹冷哼一声。猎魔人啐了口唾沫。

"说的没错。"一头乱发的长鼻子老头咕哝道,"进了牢里,各自有各自的地盘,井水不犯河水就行。"

"那你呢,老头,"精灵讥讽道,"你待的地盘是他们的还是我们的?你算哪边的?"

"哪边都不算。"老头高傲地答道,"我是清白的。"

杰洛特又啐了口唾沫。

"奇瑞丹？"他揉着太阳穴，问，"那人说的袭击权贵的事情……是真的？"

"真得不能再真了。你什么都想不起来？"

"我当时走到了街上……人们都盯着我看……然后……然后好像是家商店……"

"是当铺。"精灵压低了声音，"你进了一家当铺。刚进门，你就一拳抢到了老板的牙上。那拳力道很重。甚至有些过重了。"

猎魔人心中暗骂。

"放货商人倒地后，"奇瑞丹继续小声道，"你冲着他的宝贝踢了几脚。一个下人赶忙跑去救他们的主子，结果被你从窗户丢出，摔到了大街上。"

"怕是还没有完。"杰洛特咕哝道。

"你担心得没错。出了当铺，你大摇大摆地走在道中间，不仅对路人推推揉揉，嘴里还大喊着什么女士名誉之类的胡话。当时你的身后已经跟了一大群人，我、艾迪尔、弗拉提米尔也在现场。后来，你在药剂师瓦林诺赛克的家门口停下了脚步，走了进去，没过一会，又拖着瓦林诺赛克的一条腿回到了街上，接着开始冲人群大声演讲。"

"都讲了些什么？"

"简而言之就是，你宣称，就算是职业妓女，自尊自爱的男人也不会称其为婊子，因为那是低俗又龌龊的行为，用'婊子'称呼一个从没发生过关系的女士纯属嘴贱。从未为诬蔑行为向这女士赔偿是活该受罚的。你当着所有人的面宣布，惩罚仅此一次，而且要当场执行。接着，你两腿夹住他的脑袋，扒了他的裤子，冲着屁股，一皮带抽了下去。"

"说下去，奇瑞丹。说下去，我顶得住。"

"你铆足了劲，一皮带抽到了瓦林诺赛克的肥屁股上，抽得他又哭又叫，哭爹喊娘，连连求饶，一个劲发誓自己会改，不过看你的样

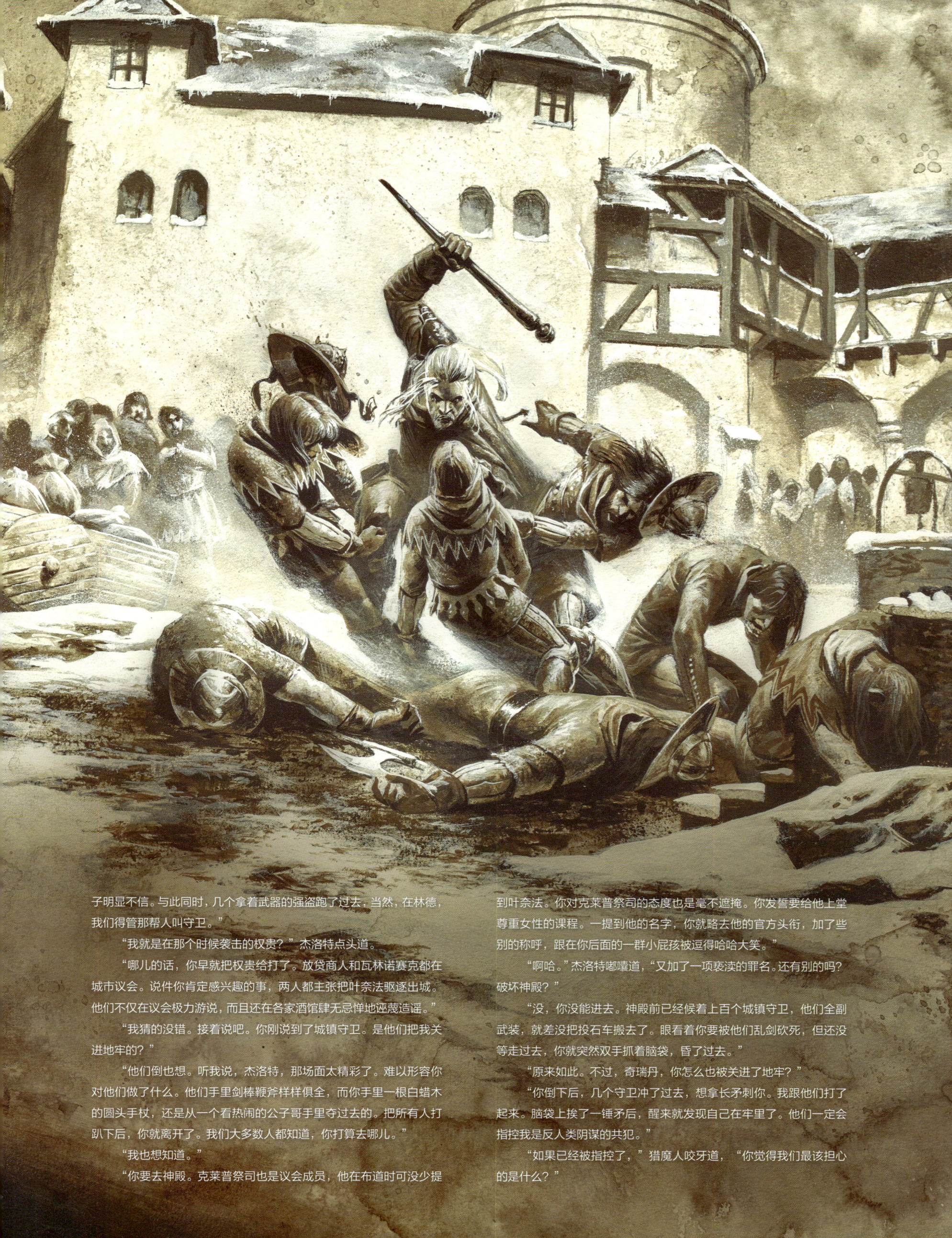

子明显不信。与此同时，几个拿着武器的强盗跑了过去，当然，在林德，我们得管那帮人叫守卫。"

"我就是在那个时候袭击的权贵？"杰洛特点头道。

"哪儿的话，你早就把权贵给打了。放贷商人和瓦林诺赛克都在城市议会。说件你肯定感兴趣的事，两人都主张把叶奈法驱逐出城。他们不仅在议会极力游说，而且还在各家酒馆肆无忌惮地诬蔑造谣。"

"我猜的没错。接着说吧。你刚说到了城镇守卫。是他们把我关进地牢的？"

"他们倒是想。听我说，杰洛特，那场面太精彩了。难以形容你对他们做了什么。他们手里剑棒鞭斧样样俱全，而你手里一根白蜡木的圆头手杖，还是从一个看热闹的公子哥手里夺过去的。把所有人打趴下后，你就离开了。我们大多数人都知道，你打算去哪儿。"

"我也想知道。"

"你要去神殿。克莱普祭司也是议会成员，他在布道时可没少提到叶奈法。你对克莱普祭司的态度也是毫不遮掩。你发誓要给他上堂尊重女性的课程。一提到他的名字，你就略去他的官方头衔，加了些别的称呼，跟在你后面的一群小屁孩被逗得哈哈大笑。"

"啊哈。"杰洛特嘟囔道，"又加了一项亵渎的罪名。还有别的吗？破坏神殿？"

"没，你没能进去。神殿前已经候着上百个城镇守卫，他们全副武装，就差没把投石车搬去了。眼看着你要被他们乱剑砍死，但还没等走过去，你就突然双手抓着脑袋，昏了过去。"

"原来如此。不过，奇瑞丹，你怎么也被关进了地牢？"

"你倒下后，几个守卫冲了过去，想拿长矛刺你。我跟他们打了起来。脑袋上挨了一锤矛后，醒来就发现自己在牢里了。他们一定会指控我是反人类阴谋的共犯。"

"如果已经被指控了，"猎魔人咬牙道，"你觉得我们最该担心的是什么？"

"如果内维尔市长来得及从王都赶回,事情还有转机……"奇瑞丹喃喃道,"我认识他。如果赶不回,案件会交由议会判决,别忘了,瓦林诺赛克和放贷商人就是议员。那也就意味着……"

精灵绕着脖子比了个简短的手势。尽管牢内漆黑一片,那手势也很难有被误解的余地。猎魔人一言不发。小偷们在窃窃私语。坚称无辜的老头似乎睡了过去。

"可笑。"杰洛特说罢,恶狠狠地骂了一句,"自己吊死还不够,我还要把你给害死了,奇瑞丹。说不定还有雅斯科尔。别、别打断我。我知道,都是叶奈法搞的鬼,但我难辞其咎。我太蠢了。她骗了我,把我当傻瓜一样玩弄于股掌之中。"

"唔……"精灵咕哝道,"这话倒不假。我早提醒过你要提防她。该死的,虽然提醒过你,但我自己也同样是个无可救药的,原谅我用这个词,傻瓜。你担心我是因为你才进来的,事实恰恰相反,你是因为我才进来的。我当时可以在街上阻止你,把你制服,不让你……但我没那么做。因为我害怕,怕如果她施加在你身上的咒语解除之后,你会回去……伤害她。原谅我。"

"不必怪罪自己。你根本不知道那咒语有多强。亲爱的精灵,普通咒语我几分钟内就能解除,也不会为此昏倒。叶奈法的咒语你是解除不了的,出手制服我可能更加麻烦。想想那些守卫。"

"我再说一遍,我当时想的不是你。我想的是她。"

"奇瑞丹?"

"嗯?"

"你对她……你对她……"

"我不喜欢那些崇高的词语。"精灵神情黯然,强作笑容,打断了他的话,"我对她——不妨这么说吧,深深着迷。你一定很奇怪,我怎么会对她那样的人如此着迷。"

杰洛特闭上眼,回忆藏在脑海中的一幅画面。一幅让他不知何故便为之着迷的画面。

"不,奇瑞丹。"他说道,"我不奇怪。"

通道传来沉重的脚步声与金属的撞击声,四名守卫的影子被火光照入地牢。钥匙拧动的声音一出,无辜的老头突然如敏捷的山猫般从格栅旁跳开,藏身到了囚犯当中。

"这么快?"精灵小声讶异道,"我还以为装好绞刑架会花更长时间……"

其中一名守卫伸手指了指猎魔人。他身形高大，头顶光溜溜的，满脸的胡子如同真正的野猪鬃般茂密粗硬。

"他。"他简短地说道。

另外两人抓住杰洛特，粗暴地将他提起，使劲摁到墙上。小偷们在自己的墙角挤作一团，长鼻子老头一个劲地往草堆里钻。奇瑞丹想要起身，却被推倒在地，一把抵在胸口的长剑将他逼得连连后退。

光头守卫站到猎魔人身前，挽起袖子，摩拳擦掌。

"瓦林诺赛克议员大人托我问一下，"他说道，"你在我们的小地牢里待得舒不舒服？有啥缺的吗？冷不冷啊？啊？"

杰洛特一声不吭。两守卫沉重的靴子踩在他的脚上，他也没法去踢光头。

光头短而快的一拳重重打中了他的肚子。绷紧的肌肉全然起不到保护的作用，杰洛特大口喘着粗气，盯着自己的腰带扣子看了一会儿。很快，守卫们又把他拽起。

"啥都不缺？"洋葱和烂牙的恶臭从光头嘴中喷出，"你要没啥怨言，议员大人就放心了。"

第二下打在了相同的位置。猎魔人气息一窒，想要呕吐，却什么也吐不出。光头转个侧身，换了只手。

砰！杰洛特再次看向自己的腰带扣子。令他意外的是，腰带以上的小腹竟还是完完整整的，没被拳头贯出透光而过的洞口。

"咋样？"光头稍稍后退，作势要打出更狠的一拳，"没啥愿望吗？瓦林诺赛克大人让我问你有没有。为啥一句话不说？舌头打结了？这就给你解开！"

砰！

吃了这拳，杰洛特仍未晕倒。若再不晕过去，他有些担心自己的内脏。而想要晕过去，他就必须得让光头……

光头啐了口唾沫，咧开大嘴，露出奸笑，又擦了擦钢铁般的拳头。

"咋样？有愿望了吗？"

"有一个……"猎魔人艰难地抬起头，用微弱的声音说道，"就是让你爆炸，狗日的。"

光头咬紧牙关，退后一步，冲着他的脑袋挥出一拳。一切都在杰洛特计划之中，不料，这拳却没有砸下。光头守卫突然像只火鸡一般咯咯乱叫，全身涨红，双手紧抓肚子，不停痛苦地哀号……

接着，他炸开了。

7

"我该怎么处置你们？"

灰暗阴沉的天空被一道耀眼的闪电劈裂，瞬息过后，传来一声锐利、悠长的炸雷。林德城的上空雷云滚滚，大雨倾盆而下。

在一张绘有先知莱比奥达牧羊图的巨大挂毯下，杰洛特和奇瑞丹坐在一把长椅上，恭敬地低下头去，一言不发。市长内维尔一边在房间中来回踱步，一边气呼呼地喘着粗气。

"你们这些该死的、可恶的巫师！"突然，他停下脚步，大声呵斥道，"赖上我的城市了是吗？世上就没有其他城市了？"

精灵和猎魔人一声不吭。

"怎么会做出这种事……"市长太过激动，有些喘不过气来，"把那牢头……像西红柿一样！炸成了果浆！炸成了一摊血淋淋的肉泥！太残忍了！"

"手段残忍又不敬神灵。"同在市政厅议事房的克莱普祭司道，"如此残忍的手段，就算是傻子也猜想得到谁才是罪魁祸首。没错，市长先生，我们都很了解奇瑞丹，而这个自称是猎魔人的家伙也并没有足够的魔力让牢头爆体而亡。这一切的幕后黑手是叶奈法，那个被众神诅咒的妖婆子！"

仿佛是在认同祭司的话一般，窗外炸响了一声雷鸣。

"除了她没有别人，"克莱普继续道，"这点毫无疑问。如果不是叶奈法，又会有谁想去报复瓦林诺赛克议员？"

"哈哈哈！"市长突然放声大笑，"这点我倒是最不生气的。瓦林诺赛克凯觎我的位置，处处跟我作对。如今他在人前威严扫地，只要一想起他被打屁股的事……"

"内维尔先生，您就差为这项罪行鼓掌喝彩了。"克莱普眉头皱起，"我提醒您，如果不是我向猎魔人施放了驱魔咒，他可要对我动手，亵渎神殿的威严了……"

"那还不是因为你们在布道时讲了她不少坏话，克莱普。就连白兰特都向我抱怨过，不过事实就是事实。听到了吗，无赖们？"市长回过身子，冲杰洛特和奇瑞丹嚷道，"你们罪无可恕！我无法容忍在我的城里发生此种恶行！行了，给你们个申辩的机会，把这里发生的一切一五一十地告诉我。如若不然，我对所有的圣遗物发誓，一定让你们生不如死！快点，把这里发生的一切都告诉我，就当是在供认罪行！"

奇瑞丹重重叹了口气，看向猎魔人，意味深长的眼神之中流露出恳求的意味。杰洛特也叹了口气，清了清嗓咙。

接着，他讲述了一切。当然，是几乎一切。

"原来如此。"沉默片刻后，祭司开口道，"不错的故事。从封印中解放的界灵。对那界灵有所企图的女术士。不错的组合。只不过，结果可能会很糟糕，非常糟糕。"

"界灵是什么？"内维尔问道，"叶奈法要拿它干吗？"

"巫师从自然之力中汲取魔力，"克莱普解释道，"而自然之力，准确来说，就是所谓的四大法则或是四大根源，我们通常又把它们称之为元素。共有气、水、火、土四种元素，而每种元素都有自己对应的'界域'，在巫师的行话中，'界域'也叫'界层'，所以存在水之界层，火之界层等等。而在那些我们无法进入的界域中，住着称为界灵的生物……"

"很多传说都提到过，"猎魔人打断道，"据我所知……"

"别插嘴。"克莱普打断道，"猎魔人，刚才我就听出来了，你对它所知甚少。现在闭上嘴，听听比你智慧的人怎么说。继续说回界灵，'界层'有四种，与之对应，界灵也是四种：有迪精，气之界灵；玛力德，水之界灵；伊夫利特，火之界灵，与地敖，土之界灵……"

"你扯远了，克莱普。"内维尔打断道，"这儿又不是神殿学堂，别教个没完没了。一句话：叶奈法想从那界灵身上得到什么？"

"市长先生，这种界灵是储存魔力的活体容器。能够召唤界灵的巫师可以通过引导，将这种魔力以咒语的形式施放，不必再辛辛苦苦从自然力量中汲取魔力，界灵会为之代劳。届时，这样的巫师会拥有强大的力量，几乎无所不能……"

"我可没听说过哪位巫师无所不能。"内维尔不屑地笑道，"恰恰相反，他们中绝大部分人的能力明显言过其实，这也办不到，那也办不到……"

"巫师斯坦麦福德曾经走过一座大山，"祭司再次摆出学院讲师的语气、神态与表情，出声打断道，"因为那山挡住了他塔前的风景。这项成就可谓前无古人后无来者。据传，斯坦麦福德之所以能移山，是因为他有只可供驱使的地之界灵地敖。一些文献中也曾记载过其他法师在规模上与之相似的法术：滔天的巨浪与骇人的暴雨，无疑是玛力德的杰作；擎天的火柱、熊熊的烈焰与震天动地的爆炸，无疑是火之界灵伊夫利特……"

"龙卷风、飓风、凌空飞行，"杰洛特咕哝道，"乔弗利·蒙克。"

"没错。看来你也不是一无所知。"克莱普看向他，眼神友善了许多。

"据传,老蒙克找到了驯服气之界灵迪精的方法,而且有传闻说他驯服了不止一只。他把它们装在瓶子中,需要时便召唤出来,对着界灵许三个愿望。因为,各位注意,每只界灵只能满足三个愿望,实现之后,它们就自由了,会马上逃回自己的界域。"

"河边那什么愿望都还没实现呢,"杰洛特十分肯定地说道,"就马上冲过去掐住了雅斯科尔的喉咙。"

"界灵是种阴险狡诈的生物。"克莱普露出嫌恶的表情,"它们不喜欢被关在瓶子中,受人驱使移山填海。它们会竭尽所能,阻止人们许出愿望,而那些愿望即便许出,也会以难以掌控和无法预料的方式实现,有时似按字面意思,所以千万要小心自己说出的话。想要驯服界灵,必须要有铁一般的意志、钢一般的神经、强大的魔力与高超的本领。从你先前的描述来看,猎魔人,你的本领还是不够。"

"的确,我的本领还不足以驯服那混蛋。"杰洛特同意,"但我赶跑了它。那混蛋逃得飞快,连空气都被扯得呼呼作响。不过,这事我也有点摸不着头脑。实际上,叶奈法听过我的驱魔咒后,狠狠嘲笑了我一番……"

"什么驱魔咒?说来听听。"

猎魔人一字不差地复述了一遍。

"什么?!"祭司的脸先是变得煞白,而后涨得通红,最后变得铁青,"你好大的胆子!竟敢如此取笑我?"

"请见谅。"杰洛特结巴道,"说实话,我根本不知道……这些词都是什么意思。"

"那就别说自己不懂的东西!真搞不懂你是从哪听来的这些污言秽语!"

"够了。"市长抬手一挥,"别浪费时间。行了,我们已经知道女术士要拿那界灵干什么了。但克莱普,你刚才说结果会很糟糕。有什么糟糕的?她想抓就让她去抓,见鬼去吧,我才不在乎。我想……"

就算不是夸口,也永远不会有人知道,此时此刻内维尔在想什么了。突然之间,挂毯一旁的墙壁上冒出了一个发光的矩形,光芒一闪,掉落到市政厅房间中央的身影竟是……雅斯科尔。

"他是无辜的!"诗人用干净、洪亮的男高音大喊道。他坐在地上,迷茫的眼神四处张望,"他是无辜的!猎魔人是无辜的!我希望你们能相信!"

"雅斯科尔!"杰洛特急忙阻止已经抬起法杖、不知是要驱魔还是诅咒的克莱普,大喊道,"你从哪……来的……雅斯科尔!"

"杰洛特!"吟游诗人从地板上跳起。

"雅斯科尔!"

"这又是谁?"内维尔咆哮道,"该死的,再不停止施法,后果自负!我说过,林德城内禁止施法!必须先递交书面申请,然后要缴纳法术税和印花税……哎?这不是那个在妖婆子手里当人质的吟游诗人吗?"

"雅斯科尔,你怎么来这儿的?"杰洛特抓着诗人的肩膀,再次问道。

"不知道。"吟游诗人的脸上露出愚蠢又害怕的表情,"说实话,我对我身上发生的事情几乎一无所知。我几乎什么都记不起来,我发誓,如果自己分得清哪些是现实,哪些是噩梦,就让我不得好死。但我还能回想起一个眼神似火的黑发美女……"

"别扯什么黑发美女了!"内维尔气冲冲地打断,"说重点,蠢货,说重点。你刚才一直喊猎魔人是无辜的。这话我该怎么理解?难道瓦林诺赛克是自己动手抽自己屁股的?要不是这样,猎魔人哪来的无辜?难道之前发生的事都是幻觉?"

"屁股和幻觉什么的我一概不知。"雅斯科尔骄傲道,"我再说一遍,我最后能想起来的就是一位气质优雅的女士,她的着装黑白搭配、品位高雅。正是她粗鲁地把我扔到了一个发光的洞里,现在看来,那原来是个传送门。在此之前,她还特意交代给我一件事,要我到了地方就立马大喊:'希望你们相信,对于之前发生的一切,猎魔人是无辜的。这就是我的愿望。'这是她的原话。当然,我还想开口问她为什么要这么说,这话什么意思,这一切到底怎么回事,但她没给我说话的机会。她粗鲁地骂了我一句,抓着我的脖子,把我扔进了传送门。好了,我说完了。现在……"

雅斯科尔挺直身子,拍了拍衣服上的灰尘,正了正前襟的领子和华丽花哨却又脏兮兮的荷叶边。

"……能否请各位告诉我,城里最好的酒馆叫什么名字,该怎么走。"

"在我的城市里没有差劲的酒馆。"内维尔缓缓道,"不过,在你认可我这话之前,怕是要先见识见识城里最好的地牢。你和你的同伙,一个都跑不了。无赖们,别忘了,你们还没被无罪释放呢!瞧瞧他们!一个讲的故事像是天方夜谭,另一个从墙里蹦出来,大喊无辜,嚷着要我相信。哪来的胆子!"

"天呐!"突然,祭司抱着光秃秃的脑袋喊,"我明白了!愿望!最后的愿望!"

"你怎么回事,克莱普?"市长皱起眉头,"犯病了?"

"最后的愿望!"祭司再次喊道,"她逼着吟游诗人说出了第三个,也就是最后一个愿望,愿望没有实现的话,就无法驯服那只界灵。叶奈法设好了魔法陷阱,要在它逃回界域前抓住它!内维尔先生,必须去……"

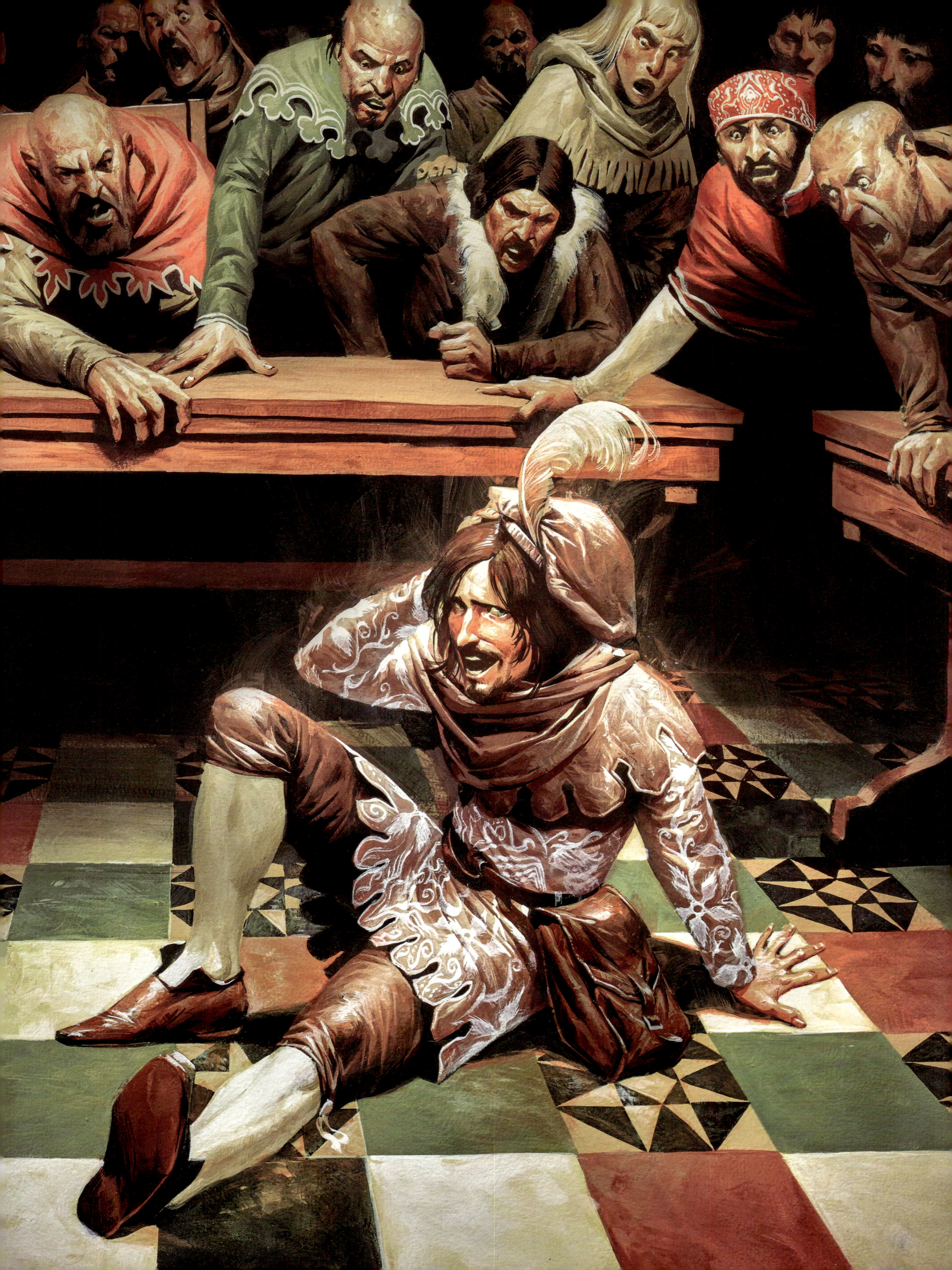

窗外响起一声炸雷，震得四墙为之晃动。

"见鬼。"市长一边嘟囔，一边向窗边走去，"都快震塌了。可别劈中房子，再给我来场大火……天呐！快看！快来看看那个！克莱普！！！那是什么？"

所有人不约而同地冲到窗边。

"妈呀！"雅斯科尔捂着自己的脖子，大喊道，"是它！就是那狗娘养的差点把我掐死！"

"迪精！"克莱普大喊，"气之界灵！"

"它在艾迪尔的旅店上空！"奇瑞丹喊道，"就在屋顶上！"

"它被她抓住了！"祭司猛地探身，差一点摔下窗户，"看到那道魔法光束了吗？界灵掉进了女术士的陷阱！"

杰洛特沉默地看着眼前的一切。

多年以前，当他还是个在猎魔人要塞——凯尔·莫罕——接受训练的小屁孩时，他和朋友艾斯凯尔捉到过一只巨大的森林熊蜂。后来，他们从衬衫上扯下一根长线，把熊蜂绑到了桌上的罐子上。他们看着熊蜂飞上飞下，哈哈笑个不停，直到导师维瑟米尔发现了这个恶作剧，拿着皮带狠狠抽了他俩一顿。

盘旋在艾迪尔旅店屋顶上空的界灵和当年那只熊蜂一模一样。它飞上飞下，时而冲天疾飞，时而向地俯冲，一边发出疯狂的嗡鸣，一边来回绕圈。因为界灵就和凯尔·莫罕的那只熊蜂一样，被从屋顶射出的五颜六色又拧成一股的耀眼光线紧紧束缚住了。不过，界灵的挣脱机会可要比绑在小罐上的熊蜂大得多。熊蜂无法毁掉周围的屋顶，掀翻茅草房屋，折掉烟囱，撞碎角楼与复折屋顶，但界灵可以，而且它已经在这么做了。

"城市要被毁了！"内维尔大喊道，"那怪物快把我的城市毁掉了！"

"哈哈！"祭司大笑，"看来她碰上硬茬子了！那只迪精异常强大！说实话，真不知道是谁抓住了谁，女术士抓住了它还是它抓住了女术士！哈，迪精早晚要把她碾为齑粉，太棒了！正义得到了伸张！"

"去你妈的正义！"市长毫不在乎可能有选民站在窗下，大吼道，"你给我睁大眼睛看看，克莱普，那边发生了什么！恐慌，毁灭！白痴秃子，你怎么不早说会这样！刚才自诩聪明，喋喋不休，最重要的事怎么一句话不说！为什么不早说，那恶魔……猎魔人！做点什么！听到了吗，无辜的猎魔人？干掉那只恶魔！我会赦免你所有罪行，只要……"

"现在什么也做不了，内维尔先生。"克莱普没好气地说，"我刚才的话，你肯定没有好好听。不奇怪，我说话时，你从不好好听。我再说一次，那只迪精强大的程度闻所未闻，如若不然，女术士早将它收入囊中了。听我说，她的咒语很快就会削弱，到时迪精会把她碾为齑粉，等它逃回界域后，这里的混乱便会平息。"

"等到那时，城市不也变成了一堆废墟？"

"我们只能等待。"祭司道，"但也不是没有需要去做的事情，市长先生，下令吧，让民众撤离周围的房屋，做好灭火的准备。现在那里发生的事，和迪精被女术士抓住这种灾难相比，根本不值一提。"

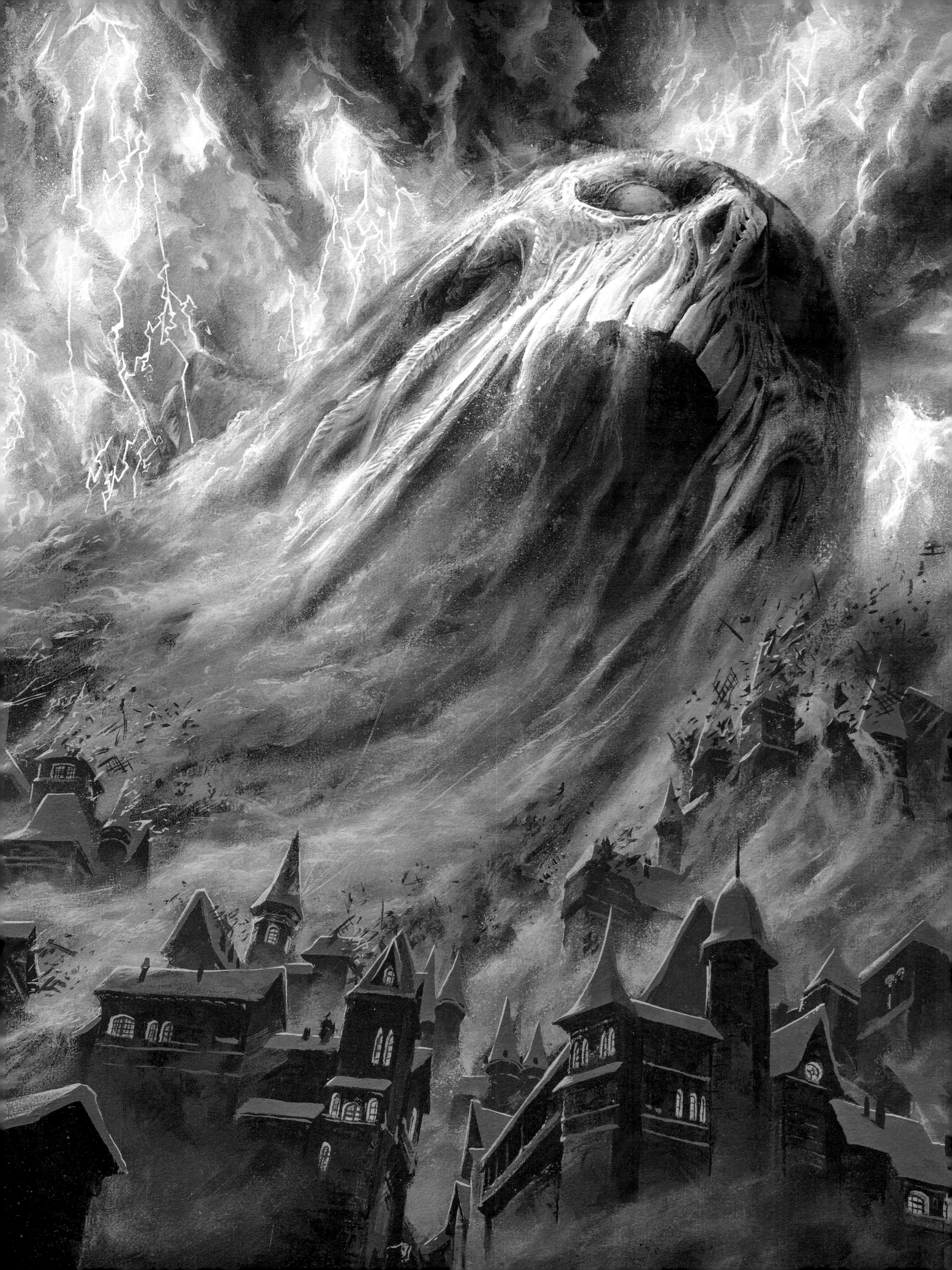

杰洛特抬起头，撞上了奇瑞丹的目光，接着转过身去，有意避开了它。

"克莱普先生，"突然，他下定了决心，"我需要你的帮助。雅斯科尔之前穿过的传送门仍然连通着市政厅和……"

"这儿哪还有一点传送门的痕迹？"祭司指着墙壁，冷冷说道，"你看不到吗？"

"传送门就算消失了，也会残存一些痕迹，咒语可以让那种痕迹显形。我要穿过显形后的通道。"

"你疯了吧。就算那种通道不会把你撕成碎片，你想过去干吗？那边可是最危险的风暴中心！"

"我只问你，能不能施放显形的咒语？"

"咒语？"祭司高傲地昂起头，"我可不是什么亵渎神明的巫师！我从不施咒！我的力量源于信仰和祈祷！"

"能还是不能？"

"能。"

"那就抓紧时间。"

"杰洛特！"雅斯科尔开口道，"你一定是疯了！别靠近那该死的怪物！"

"请保持安静和严肃。"克莱普说，"我在祈祷。"

"祈祷个屁！"内维尔激动道，"我得赶快召集守卫！必须得做点什么，光站这儿动嘴皮子有什么用！天呐，这是个什么日子！这是个什么见鬼的日子！"

猎魔人感到奇瑞丹碰了碰他的肩膀。他回过身。精灵盯了会儿他的眼睛，然后低下头去。

"你要去那儿……是因为你必须要去，对吗？"

杰洛特犹豫了片刻。他仿佛闻到了丁香与醋栗的香气。

"我想是的，"迟疑过后，他回答道，"我必须去。抱歉，奇瑞丹……"

"别说抱歉。我明白你的感受。"

"很难说。因为我自己都不明白。"

精灵笑了笑。笑容之中尽是悲伤。

"就是这种感觉，杰洛特。就是这种。"

克莱普挺直身子，做了个深呼吸。

"准备好了。"他自豪地指着墙上勉强能看得到的轮廓，说，"但这传送门很不稳定，维持不了多久，而且也根本无法确定它是不是还连通着那边。进入之前，猎魔人先生，做一下良心省察吧。我可以为你祈福，但宽恕罪孽的……"

"……时间不够了。"杰洛特接话，"我明白，克莱普祭司。宽恕罪孽的时间永远都不会够。大家快离开房间，传送门爆炸的话，会震伤你们的耳膜。"

"我留下。"雅斯科尔和精灵关上门后，克莱普说道。他扬起双手，在自己周围创造出一个能力涌动的光环，"以防万一，我会展开一个魔法屏障。如果传送门要爆炸……我会试着把你拉出来，猎魔人先生。伤了耳膜也没什么大不了的，早晚会长回来。"

杰洛特心怀感激地看了看他。祭司笑了笑。

"你是个勇敢的人。"他说道，"你想去救她，对吗？但是光有勇气是不够的。界灵是种报复心很强的生物。女术士失败了，如果你要去，也同样会失败。做一下良心省察吧。"

"我已经做过了。"杰洛特站在光芒微弱的传送门前，"克莱普先生？"

"怎么？"

"那个惹你生气的驱魔咒……到底是什么意思？"

"说真的，这可不是开玩笑的时候……"

"拜托，克莱普先生。"

"好吧。"祭司躲在市长沉重的橡木桌后，回答道，"既然这是你最后的愿望，那我就告诉你吧。它的意思是……唔……唔……'滚远点，自己操自己去'。"

杰洛特踏入传送门，寒冷吞没了令他不禁颤抖的大笑。

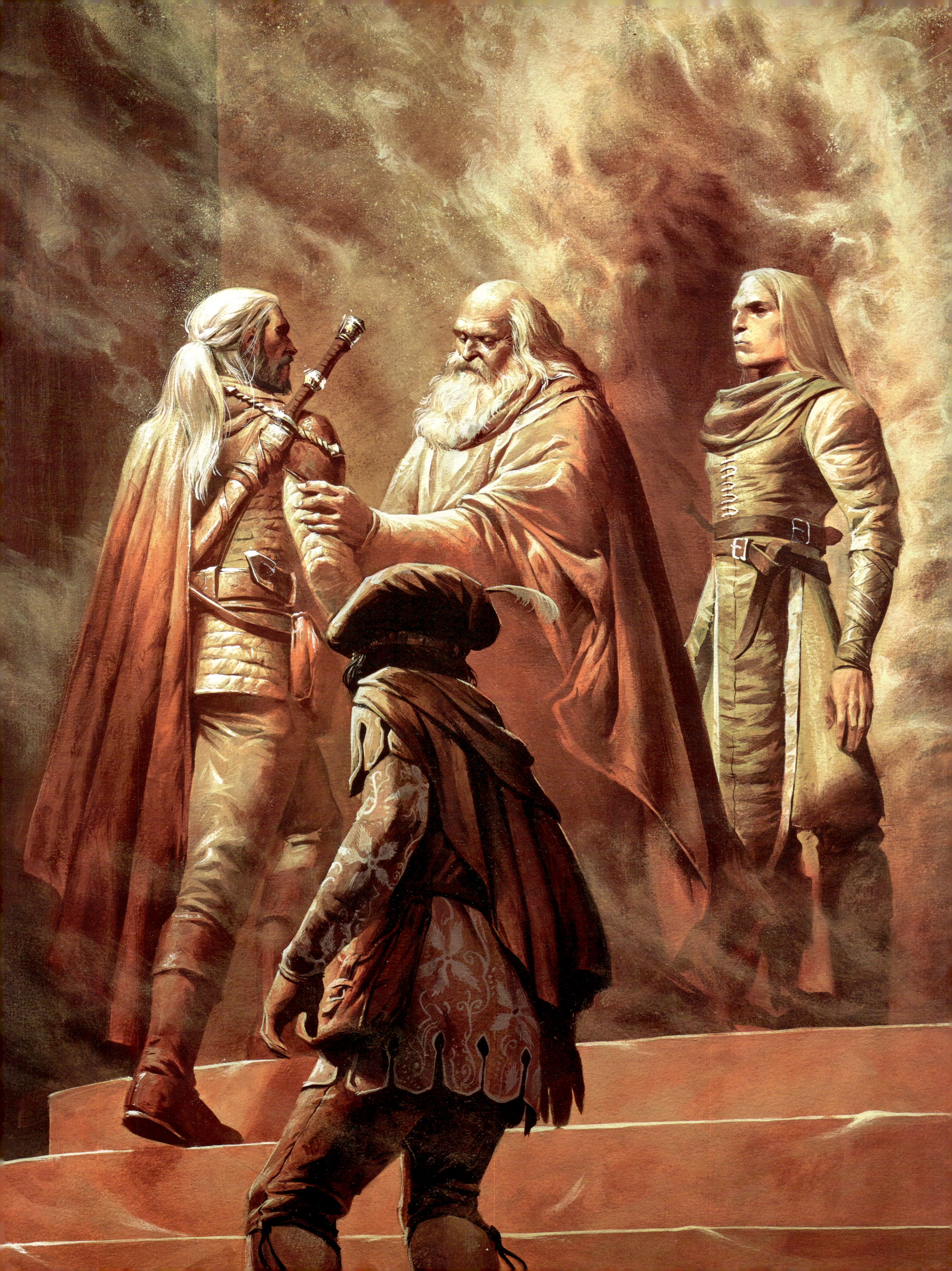

8

如飓风般翻涌呼啸的传送门用足以扯爆肺部的力量将他吐了出去。他瘫倒在地上，大口喘着粗气。

地板在震颤。起初他以为，那是经过噩梦般的传送门之旅后自己的颤抖，但很快，他就意识到自己错了。

整间屋子都在摇晃、震颤、嘎吱作响。

他看了看周围，发现自己并不在最后见到叶奈法和雅斯科尔的小房间，而是在艾迪尔旅店翻新过的宽敞大堂里。

他看到了她。她跪在桌子之间，俯身盯着一颗魔法球。那颗球闪耀着强烈的乳白色光芒，将女术士的手指映成了红色。球体投射的光芒创造出了一个闪闪烁烁、摇晃不定但却清晰可辨的画面。杰洛特看到了地板上画有九芒星与五芒星的小房间，而那些图案的线条，如今也闪耀着白色的光芒。他看见一道道五颜六色、噼啪作响、熊熊燃烧的光线从五芒星内迸射而出，消失在屋顶上方。而屋顶之上，正传来被束缚的界灵一声声暴怒的嘶吼。

叶奈法看到他后，迅速起身，抬起一手。

"别！"他喊道，"别动手！我想帮你！"

"帮我？"她冷哼道，"就你？"

"就我。"

"就算我之前那样对你？"

"没错。"

"有意思。但你来错了地方，我不需要你的帮助。赶紧离开。"

"不。"

"快滚！"她大吼，"这儿很危险！事态超出了我的控制，明白吗？我控制不住它，我不明白，为什么那混蛋的力量没有削弱。吟游诗人的第三个愿望实现后，我就抓住了它，早就应该把它关进球里了，但它的力量却完全没有减弱！该死的，好像还越来越强了！但我会制伏它，没错，我会打败……"

"你赢不了的，叶奈法。它会杀了你。"

"杀我可没那么容易……"

她的声音戛然而止。突然之间，旅店的整个天花板开始发光，旋即闪烁出强烈的光芒。魔法球投射的画面消失在白光之中，一个巨大的门状轮廓显现在天花板上。女术士咒骂一声，举起双手，火花从她的指间迸射而出。

"快逃，杰洛特！"

"这是怎么回事，叶奈法？"

"我被发现了……"她竭力施法，脸庞涨得通红，"它想到我这里来。它在创造自己的传送门。它没办法挣脱束缚，但可以通过传送门过来。我没办法……我没办法阻止它！"

"叶奈法……"

"别让我分心！我得集中精神……杰洛特，你必须离开。我会开个传送门让你逃出去。但要当心，这传送门不知道会通往哪里，我没时间也没力气去……我不知道你会落到哪……但它很安全……做好准备……"

天花板上巨大的传送门突然发出闪耀光芒，开始不断地膨胀和变形。猎魔人熟悉的那张松垮下勾、畸形怪异、不断变形的嘴巴从门中探出，发出一声震耳欲聋的咆哮。叶奈法冲上前去，挥动双臂，高声念诵咒语。一团光线从她的掌中迸射而出，如同大网一般罩住了界灵。界灵连声嘶吼，两只长爪突然从它的身体冒出，如出击的眼镜蛇般袭向女术士的喉咙。叶奈法没有退缩。

杰洛特飞身向前，一把将她推开，挡住了长爪一击。如同拔出瓶子的木塞一般，魔法光网笼罩下的界灵从传送门中蹦出，张着巨口向两人扑来。猎魔人紧咬牙关，结印相击，却收效甚微。不料界灵突然停止了攻击，它悬浮在天花板下，膨胀到惊人的大小，苍白的眼睛死死盯着杰洛特，口中咆哮不止。那咆哮声中仿佛暗含命令之意，但他听不明白是怎样的命令。

"这边！"叶奈法指着她在楼梯旁的墙上开出的传送门，大喊道。与界灵开出的传送门相比，女术士的传送门看上去太过渺小与简陋，"这边，杰洛特！快逃！"

"除非你和我一起！"

叶奈法双手擎在空中，口中高喊咒语，魔法光网五颜六色的光束不断迸射火花，噼啪作响。界灵如陀螺般飞快旋转，将身上的光网不断收紧又放松。眼见它缓缓逼近，叶奈法没有退缩。

猎魔人箭步向前，利落地将她绊倒，一手抓住她的腰带，另一手伸进她的头发，抱住她的后颈。叶奈法连声咒骂，挥肘向他脖颈袭去。他没有放手。咒语产生的刺鼻臭氧味掩盖不住她身上丁香与醋栗的香气。杰洛特钳住女术士乱蹬的双腿，抱着她径直跃入了闪烁着乳白色光芒的小型传送门——那个通往未知之地的传送门。

抱成一团的两人从传送门中飞出，掉落在大理石的地面上，而后一路滑行，先是撞倒了一个巨大的烛台，很快又撞翻了一张桌子。水晶高脚杯，盛着水果的银盘，满是冰块、海带与牡蛎的巨大深盘稀里哗啦散落一地。有人发出刺耳的尖叫。

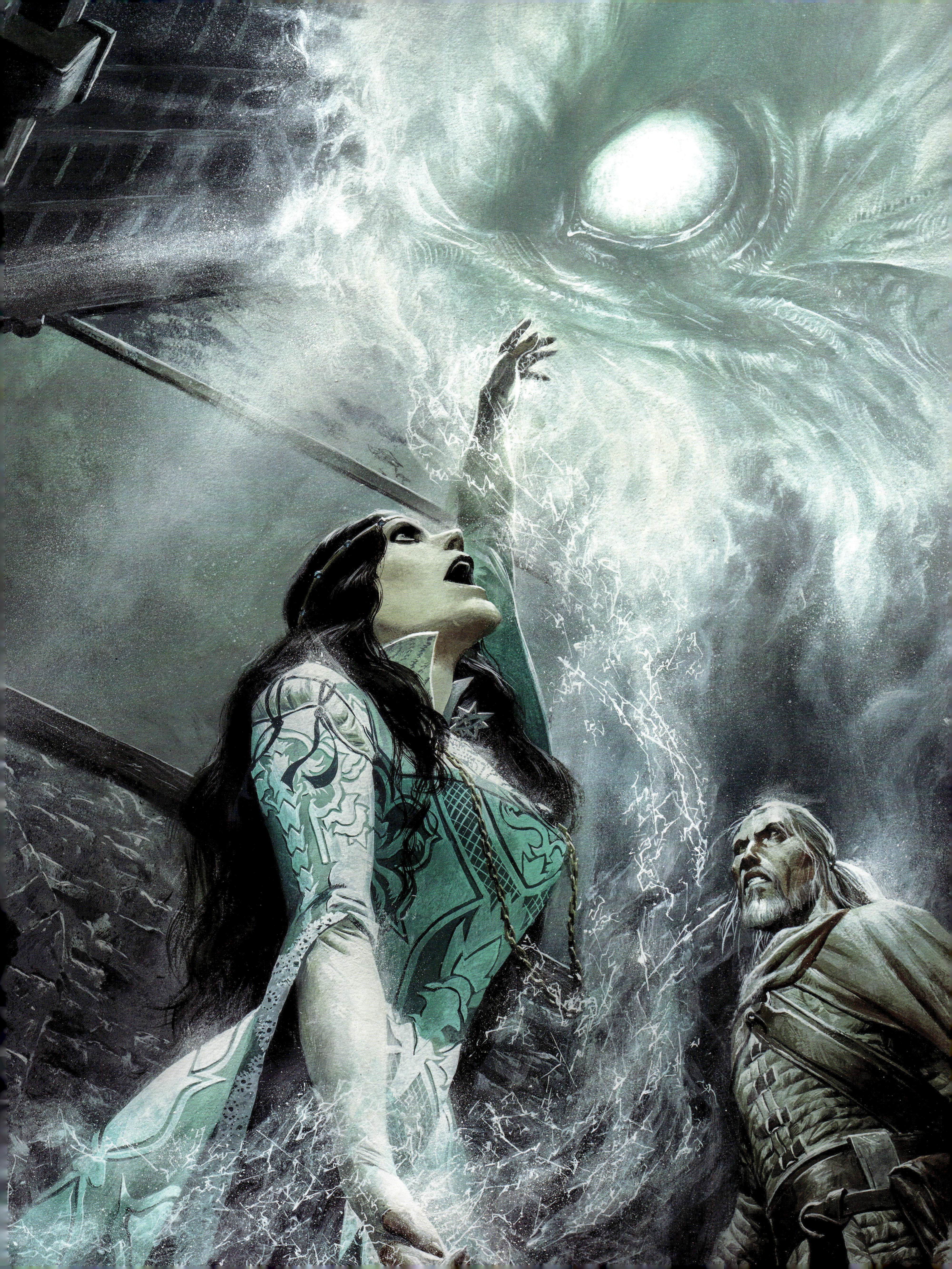

他们就躺在被枝状烛台照得十分明亮的舞池中央。衣着华贵的男士与珠光宝气的女士们停下舞步，目瞪口呆地看着他们，一句话也不敢说。楼座上的音乐家们也不再演奏刺耳的杂音。

"你这白痴！"叶奈法一边大吼，一边伸手去抠他眼睛，"你这该死的白痴！你打断了我！我都快抓住它了！"

"抓住个屁！"他生气地回吼道，"我救了你的命，疯婆子！"

她像只暴怒的野猫一样发出嘶吼，两手迸射出火花。杰洛特把脸撇向一旁，钳住了她的手腕。两人在牡蛎、蜜饯、冰块之中滚作一团。

"两位有邀请函吗？"一个身材肥胖、胸前佩戴内侍金链的男人高高在上地俯视着他们，问道。

"滚蛋，蠢货！"仍在试图抠出杰洛特眼睛的叶奈法吼道。

"滥用传送门是不可饶恕的行为。"宫廷内侍生气道，"我会向巫师议会投诉。我会要求……"

永远不会有人知道，内侍会要求什么了。叶奈法猛地挣脱了束缚，狠狠扇了猎魔人一个耳光，用力踢了他小腿一脚，跳进墙上逐渐消失的传送门。杰洛特冲到她身后，故技重施，又抓住了她的腰带和后颈，叶奈法同样故技重施，冲他挥出一肘。剧烈的动作扯坏了她腋下的长裙，袒露出她少女般的美乳。长裙的裂口处还掉出了一个牡蛎。

两人一同坠入了传送门的虚空。杰洛特还听到了宫廷内侍的几句话。

"音乐！继续演奏！什么事也没有。别把这令人遗憾的小意外放在心上！"

猎魔人深信，每多一次传送门旅行，不幸的风险也会随之增加。他想的没错。他们顺利落到了艾迪尔旅店，但传送门的出口却开在了天花板上。两人从天而降，将楼梯栏杆压得粉碎，只听"砰"的一声巨响，摔到了一张桌子上。桌子无力支撑，登时四分五裂。

坠落之时，叶奈法在他身下。他以为她失去了意识。但他错了。

她一拳打中他的眼睛，对着他劈头盖脸连声咒骂，用词之脏丝毫不逊色于矮人掘墓者。要知道，矮人掘墓者们可是无可匹敌的脏话艺术家。她一边骂个不停，一边手脚并用，怒不可遏地胡乱踢打。杰洛特抓住了她的双手，见她的额头迎面撞来，低头一避，整张脸埋入了女术士散发着丁香、醋栗与牡蛎味道的长裙裂口处。

"放开我！"她高声大吼，双腿像只小马驹般一通乱蹬，"傻瓜！白痴！混蛋！给我放手！束缚快被打破了，再不强化，界灵就要跑了！"

他欲言又止，两手更加用力，想把她摁在地板上。叶奈法破口大骂，拼命挣扎，奋力抬膝，狠狠撞他胯部。没等他喘过气来，女术士已挣脱束缚，大声吟唱了一句咒语。他感到自己被一股恐怖的力量从地板上抬起，直接甩飞到大堂的另一侧，重重撞在了一个五斗柜上。雕饰精美的双门五斗柜顷刻间被撞得粉碎。

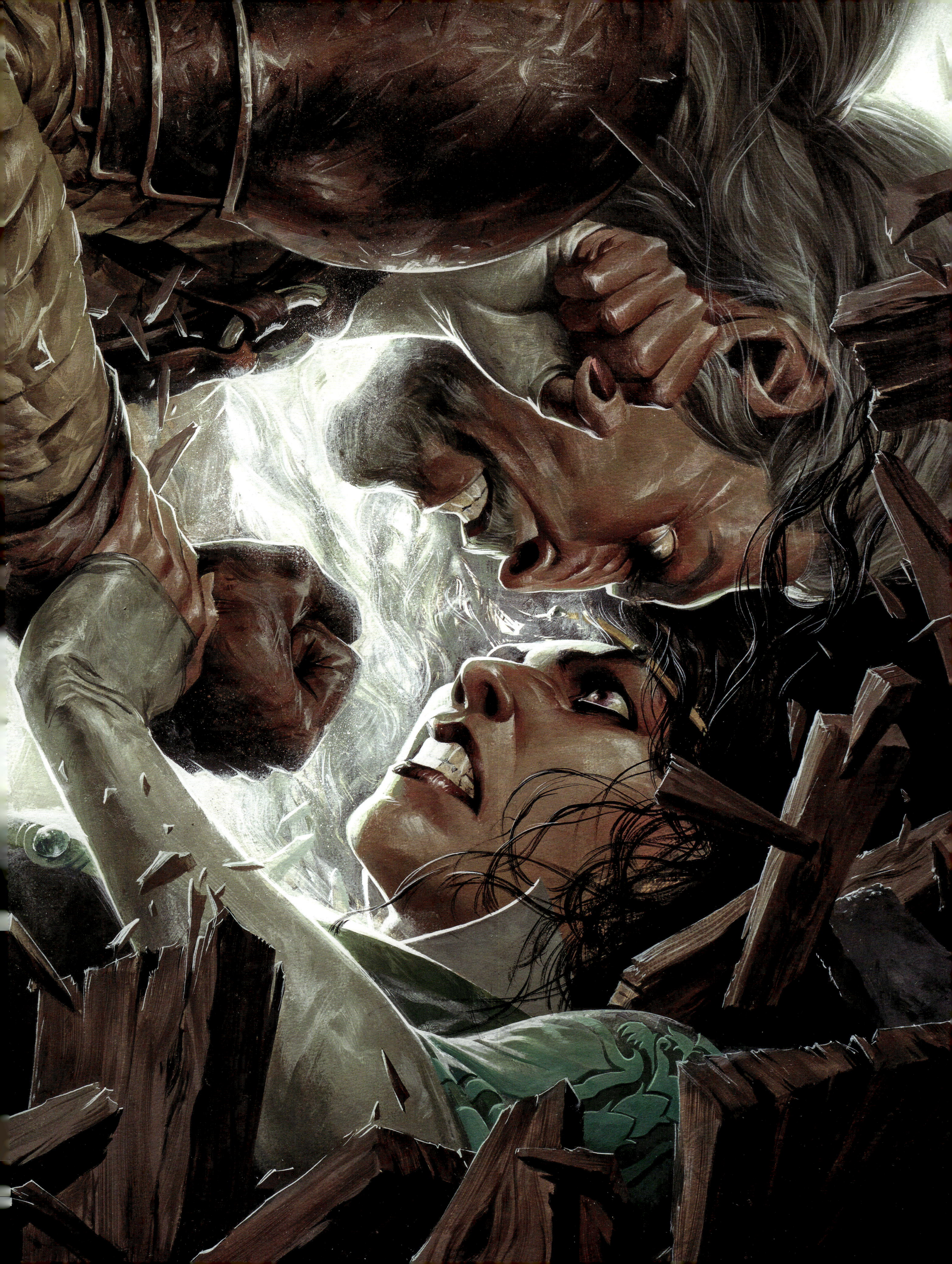

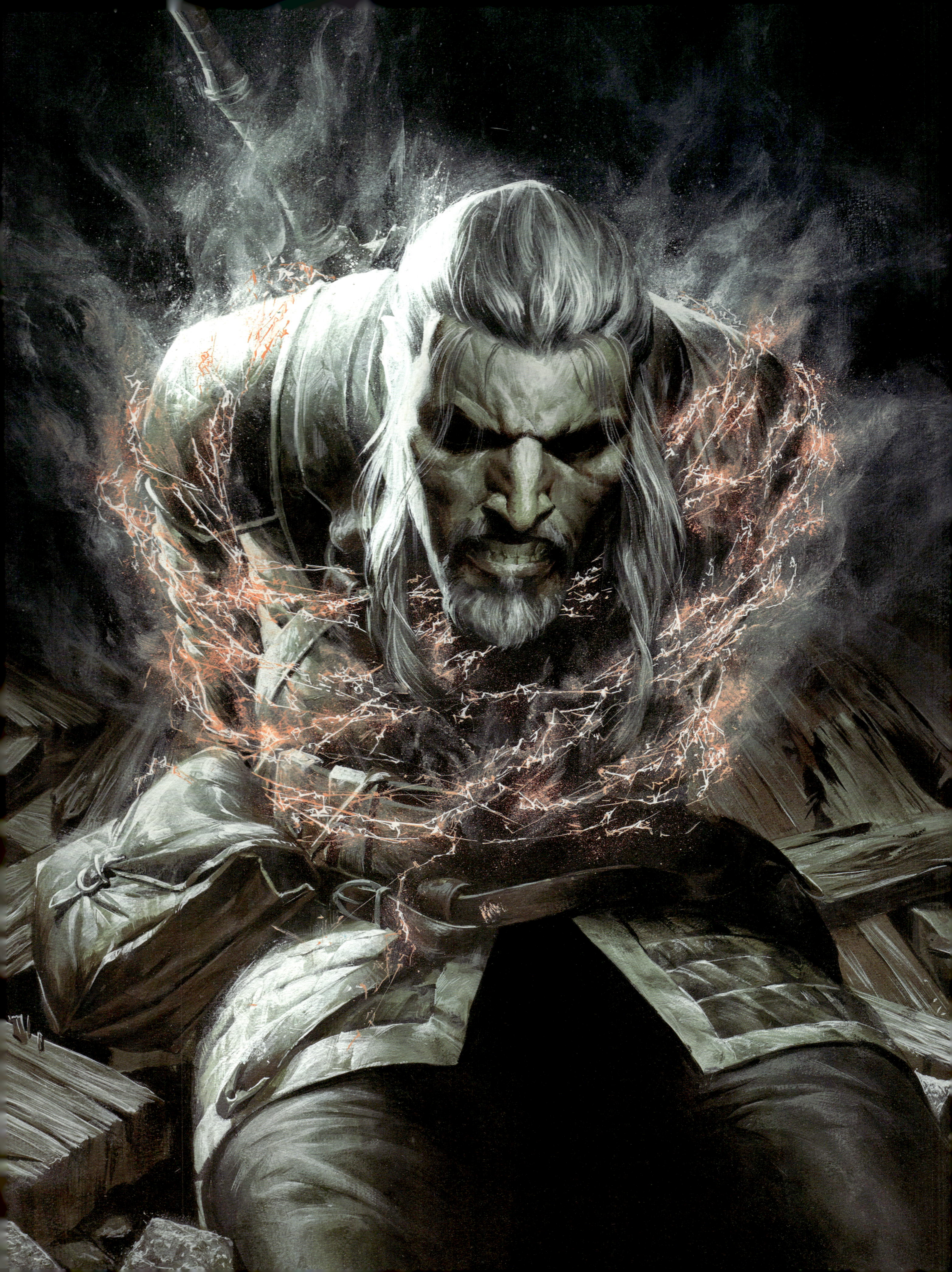

9

"那边怎么样了！？"雅斯科尔贴着墙壁，探出脑袋，想要透过大雨，看到旅店的情况，"那边怎么样了，快他妈说啊！"

几个衣裳破烂、好奇心旺盛的街溜子像被烫着了似的从旅店窗口跳下，拔腿狂奔，光着的脚底板溅起一摊摊泥水，其中一人边逃边喊道："他们打起来了！"

"他们打起来了？"内维尔惊讶道，"他们打起来了，而那只该死的恶魔正在毁掉我的城市。看呐，它又砸坏了一根烟囱！还毁掉了一家砖窑！嘿，你们几个！快去那儿！天呐，还好在下雨，不然非得来场火灾！"

"快结束了。"克莱普祭司一脸严肃地说道，"魔法光束在减弱，束缚快被打破了。内维尔先生！快下令让那些人撤回来！那儿快塌了！那栋房子现在很危险！艾迪尔先生，你笑什么？那可是你的房子。有什么好笑的？"

"我给那房子投保了一大笔钱！"

"超自然和魔法事故也在理赔范围内？"

"当然。"

"明智之举，精灵先生。太明智了。恭喜你。嘿，你们几个，快躲起来！珍惜小命的话就别靠近！"

艾迪尔旅店内传出一声震耳欲聋的轰鸣，紧跟着闪过一道电光。

躲在柱子后的守卫们匆忙撤离。

"杰洛特为什么非要过去？"雅斯科尔喃喃道，"到底是为什么？为什么非要去救那女术士？该死的，为什么啊？奇瑞丹，你知道是为了什么吗？"

精灵露出悲伤的笑容。

"我知道，雅斯科尔。"他说，"我知道。"

10

杰洛特身形跃动，再次躲过女术士指间射出的赤橙光矢。她似乎已是筋疲力尽，射出的光矢无力而缓慢，轻而易举便能避开。

"叶奈法！"他喊道，"冷静点！终于明白我想对你说什么了！你办不到……"

没等他说完，无数纤细的赤红光束从女术士的手中迸射而出，如蛛网一般将他牢牢缚住。他的衣服嘶嘶作响，开始冒烟。

"我办不到？"她慢慢地说，"马上就让你瞧瞧我办不办得到。给我老实躺着，别再碍事。"

"把这玩意从我身上拿开！"他在炽热的蛛网中翻滚挣扎，大喊，"我快着火了，该死的！"

"乖乖躺着别动。"她喘着粗气道，"你动的时候，它才会燃烧……我没时间跟你浪费了，猎魔人。继续胡闹会坏了我的正事。我得对付界灵去了，不然它就要逃了……"

"逃？"他喊着，"该逃的是你才对！那只界灵……叶奈法，好好听我说。我必须向你坦白一件事……我必须告诉你真相。一定会让你大吃一惊。"

11

界灵在光网中拼命挣扎。它转了个圈，收紧了缚在它身上的光线，扫落了白兰特豪宅上的一处角楼。

"听听那吼声！"雅斯科尔本能地护住喉咙，紧皱眉头道，"那吼声太可怕了！看上去它已经气疯了！"

"它早就气疯了。"克莱普祭司道。

奇瑞丹很快看向他。

"什么意思？"

"它早就气疯了。"克莱普又说了一遍，"这也没什么好奇怪的。如果是我必须要一字不差地实现猎魔人无意间说出的第一个愿望，我也得气疯。"

"怎么回事？"雅斯科尔喊着，"杰洛特？愿望？"

"封印界灵的印章当时在他手里，界灵必须实现他的愿望，所以女术士没法驯服界灵。但是，就算猎魔人已经猜到了，他也不该告诉她这事。他不该让她知道。"

"该死的。"奇瑞丹咕哝道，"我明白了，地牢牢头的……爆炸……"

"那是猎魔人的第二个愿望。还剩一个。最后的一个。不过，神灵保佑，他可千万别让叶奈法知道这事！"

12

她俯身下去，一动不动地盯着他，毫不理会旅店屋顶上在光网中拼命挣扎的界灵。整栋房子都在晃动，天花板上的石灰和碎屑如雨点掉落，痉挛般剧烈颤抖的家具满地乱爬。

"原来如此。"她冷笑，"恭喜你，你成功骗过了我。不是雅斯科尔，而是你。这才是界灵如此挣扎的原因！但我还没输呢，杰洛特。别小瞧我，更别小瞧我的力量。别忘了，你和界灵现在都在我手里。你不是还有最后一个愿望？快说吧。等我解放了界灵，我就把它收入囊中。"

"你的力量不够了，叶奈法。"

"别低估我的力量。快许愿，杰洛特！"

"不，叶奈法。我不能……界灵会实现我的愿望，但它不会放过你。一旦解放，它就会找你复仇，把你杀死……你抓不住它，也保护不了自己。你已经没力气了，光是站着都很勉强。你会没命的，叶奈法。"

"那是我该担心的事！"她怒吼道，"我是死是活跟你有什么关系？不如好好想想希望界灵满足什么愿望吧！你还有一个愿望！无论什么，它都会满足！把握机会！许愿吧，猎魔人！你可以拥有一切！一切！"

13

"他们俩都会没命？"雅斯科尔哭号起来，"怎么会这样？克莱普先生，怎么会这样……为什么啊？猎魔人根本不必……该死的，他为什么不逃？为什么啊？为什么非要留在那儿？为什么非要管那该死的巫婆，不赶快逃命？他这样做毫无意义！"

"毫无意义。"奇瑞丹苦涩地重复，"毫无。"

"这是白白送命！真是愚不可及！"

"但他就是干这行的。"内维尔插话道，"猎魔人在拯救我的城市。我向众神发誓，如果他打败了女术士，赶跑了恶魔，我会重重赏他……"

雅斯科尔一把抓下头上插着苍鹭羽毛的小帽，冲它啐了口唾沫，狠狠摔到泥水里，一边破口大骂，一边使劲踩踏。

"但是他……"痛哭流涕的雅斯科尔突然说，"还剩一个愿望！他有可能救下她和自己的命！克莱普先生！"

"没那么容易。"祭司沉思道，"但如果……如果他许下了正确的愿望……把自己的命运和她的命运绑在一起……不，我不认为他会想到这点。也许他想不到才好。"

14

"许愿吧，杰洛特！快！你想要什么？永生？财富？名声？权势？力量？荣光？快，没时间了！"

他一言不发。

"变回常人？"她露出得意的笑容，突然说道，"我猜中了，对不对？这就是你梦寐以求的东西！这样你就可以得到解放，自由自在地做自己想要成为的人，而不是自己必须成为的人。界灵会实现这个愿望，杰洛特。说出来吧。"

他一言不发。

她站在他身边，沐浴在魔法球闪烁的光芒、魔法的光晕之中，囚禁界灵的光束也在闪烁夺目的光芒。她凌乱的头发飘在空中，眼中燃烧着紫色的火焰。她站得笔直，身形纤瘦，一袭黑裙，看上去可怕……

而又美丽。

她突然弯下腰，将脸靠得很近，直直盯着他的眼睛。他闻到了丁香与醋栗的香气。

"还不说话。"她冷笑，"那你到底想要什么，猎魔人？你心底埋藏最深的愿望是什么？是不知道还是无法抉择？快找吧，找出自己内心最深的渴望，我以'魔力'之名起誓，这样的机会你不会再有第二次！"

突然之间，他得知了真相。他知道了。知道了她曾经的样子，知道了她记得什么，难忘什么，又曾过着怎样的生活。知道了在成为女术士之前，她真正的样子。

因为，盯着他的是一双驼背女的冰冷、锐利、愤怒而又睿智的眼睛。

他很害怕。不，他怕的不是那真相，怕的是她读懂他的内心，知道他已经猜出了她的过往。他怕她永远不会原谅自己。他慌忙扼杀掉这个念头，将它从记忆中永远抹去，不留一丝痕迹。他感到如释重负。他感到……

天花板轰然倒塌。界灵缠绕在逐渐消失的光网中，径直冲他们袭来，震耳欲聋的咆哮中透着胜利的得意与腾腾的杀意。叶奈法迎面而上，双手迸射光芒——非常微弱的光芒。

界灵张开巨口，冲她伸出利爪。猎魔人忽然明白，自己想要的是什么了。

他说出了愿望。

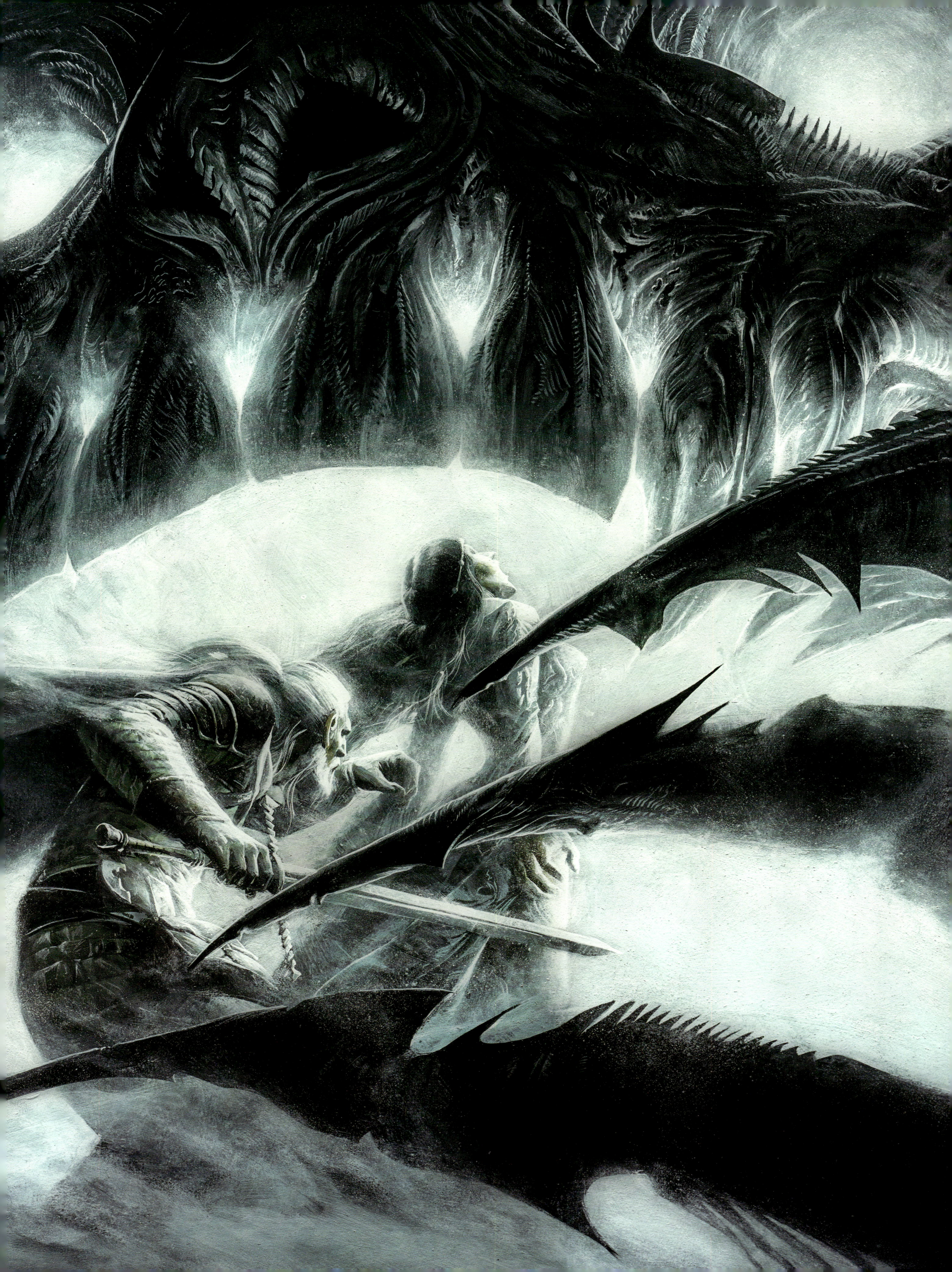

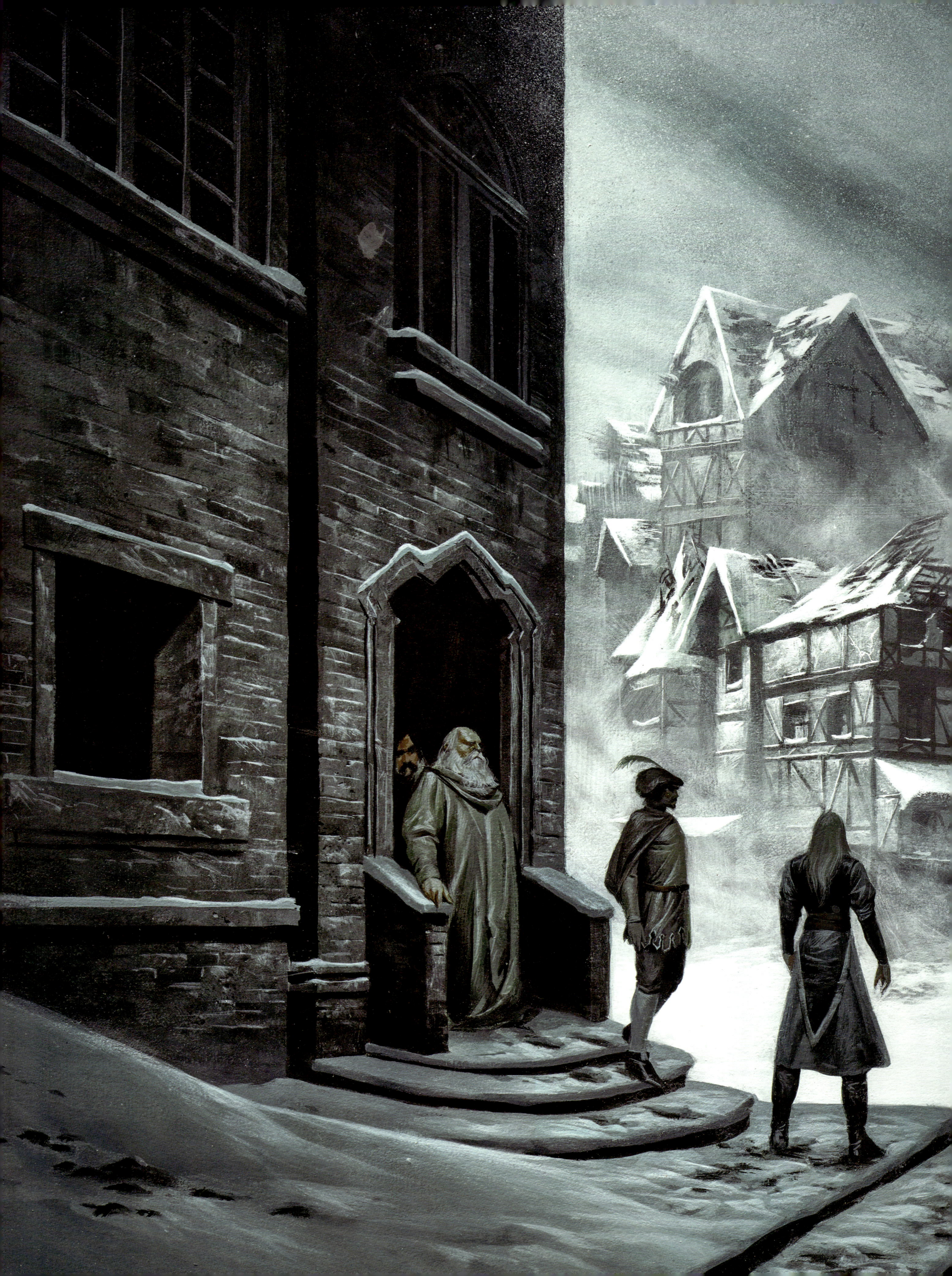

15

整栋房子轰然爆炸,砖块、横梁与木板在火花四溅的浓烟中飞扬。谷仓般巨大的界灵冲出浓烈的烟尘,连声的咆哮仿佛是得意的笑声。气之界灵迪终于获得了解放,它自由了,不再受到任何义务和任何人意志的束缚。它绕着城市转了三圈,掰断了市政厅高塔的尖顶,而后直冲云霄,飞得越来越高,越来越远,直至消失不见。

"它逃跑了!它逃跑了!"克莱普祭司大喊道,"猎魔人做到了!界灵飞走了!大家都安全了!"

"啊!"艾迪尔的喜悦之情溢于言表,"多美的一片废墟!"

"该死的,该死的!"蜷缩在墙后的雅斯科尔呼喊着,"整栋房子都炸了!没人能活下来!没人!"

"猎魔人利维亚的杰洛特为这座城市英勇牺牲了。"内维尔市长郑重说道,"我们铭记于心,我们会纪念他。我们会考虑为他竖立一尊雕像……"

雅斯科尔从肩上抖下一块粘着泥巴的苇席,拂去紧身上衣上被雨水打透的石膏。他盯着市长,用几个精挑细选的词语表达了他对牺牲、铭记、纪念以及世上所有雕像的看法。

16

杰洛特看了看周围。水珠从房顶上的无数破洞缓缓滴落，周围一片狼藉，到处是瓦砾与断木。奇怪的是，他们所躺的地方却一尘不染，甚至连一块木板、一砖一瓦都不曾落下，就好像一面无形的护盾保护了他们。

叶奈法的脸上带着一抹绯红。她跪在一旁，两手放在膝盖上。

"猎魔人，"她清了清喉咙，"还活着吗？"

"活着。"杰洛特擦去脸上的尘土，用嘶哑的声音说道。叶奈法的手缓缓触碰到他的手腕，温柔地摩挲他的掌心。

"我烧伤了你……"

"小伤而已，只有几个小水疱……"

"我很抱歉。知道吗，界灵跑了。彻彻底底地跑了。"

"你遗憾吗？"

"不是很遗憾。"

"那就好。帮个忙，扶我起来吧。"

"等等。"她小声道，"你的愿望……我当时听到了你许的愿望。我愣住了，大脑一片空白。你许下任何愿望我都不会奇怪，但谁能想到……你为什么会许那个愿望，杰洛特？为什么……为什么是我？"

"你不知道吗？"

她俯下身，轻轻抚摸他的身体。他感觉到她散发着丁香与醋栗香气的头发拂过了脸庞，他突然意识到，自己再也忘不掉这香气、这温柔的抚摸了，再不会有别的香气与抚摸可与之媲美。叶奈法亲吻着他，他心中暗想，再不会有别的嘴唇能如她的一般柔软、湿润与甜蜜。他突然意识到，从此刻开始，她便成了唯一。她的脖颈、肩膀和袒露在黑裙外的双乳，她细腻、清凉的肌肤，胜过他以往触碰过的所有。他盯着她紫罗兰色的眼睛，那双世上最美的眼睛。同他担心过的一样，那双眼睛成了他的……

一切。他意识到了这点。

"你的愿望……"她在他耳边轻语，"我不知道，这样的愿望能否实现。我不知道，'自然之力'能否满足这样的愿望。如果能，那你就是在强迫自己。强迫自己和我在一起。"

他的亲吻打断了她，随之而来的是他的拥抱、触碰与爱抚，然后是他所有的身和心，他的每一个念头，唯一的念头，他的一切，一切，一切。他们的喘息和衣服落在地上的沙沙声轻轻地打破了寂静。他们慵懒、细致、体贴、温柔，虽然他们都不太清楚，体贴和温柔到底是什么，但他们做到了，因为他们都无比渴望温柔地对待彼此。他们一点也不心急，突然之间，整个世界消失了，消失在了一个微小而短暂的瞬间，而在他们看来，那个瞬间就是永恒，因为，那的确就是永恒。

接着，世界又恢复了存在，但已全然不同。

"嗯？"

"接下来呢？"

"我不知道。"

"我也是。因为你看，我……我不确定，强迫你自己和我在一起是否值得。我不懂得……等等，你要干吗……我想告诉你……"

"叶奈法……叶。"

"叶。"她全然不再抗拒，说道，"从没有人这样叫过我。再叫一遍好不好？"

"叶。"

"杰洛特。"

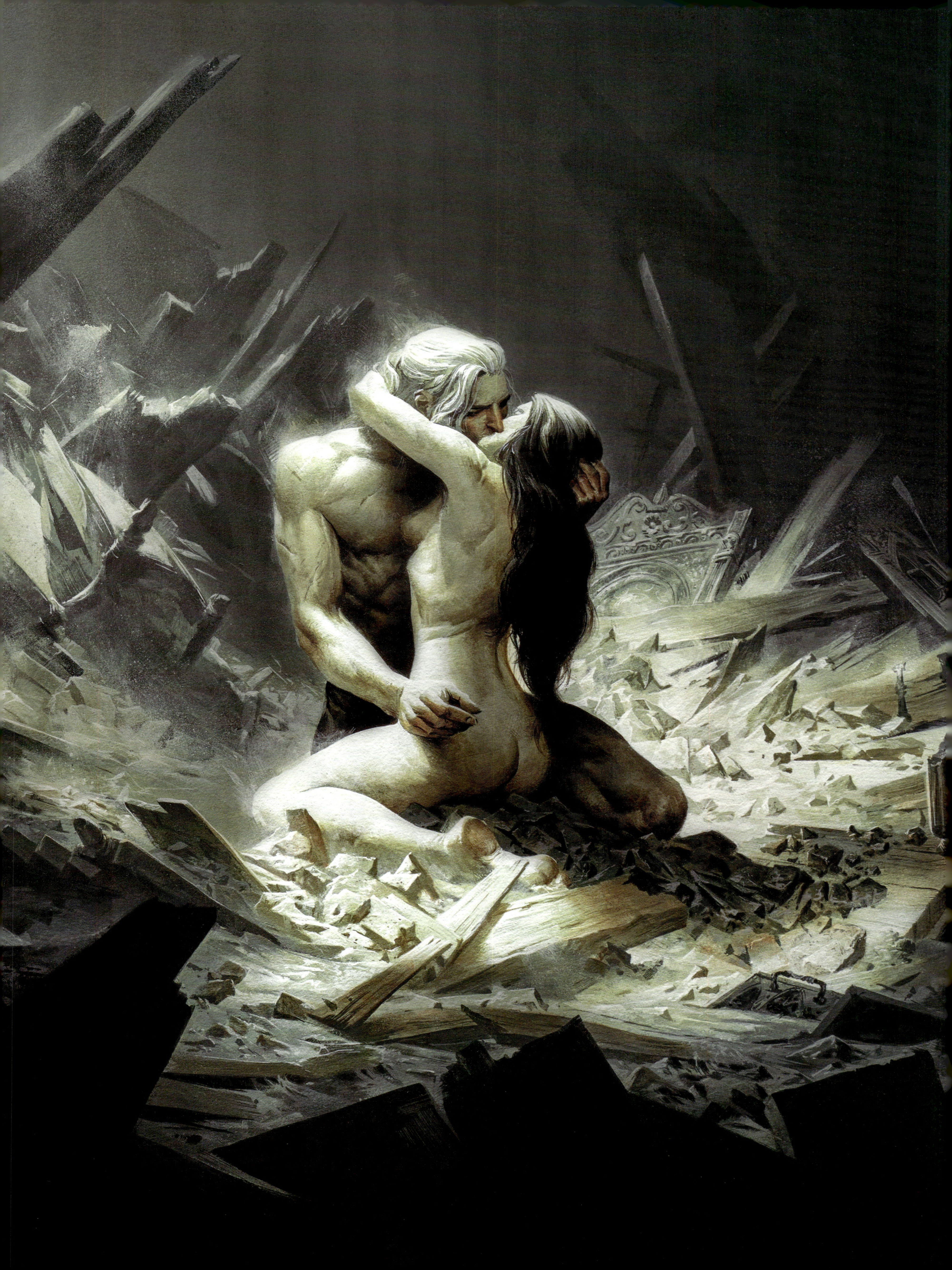

17

雨停了。一道五彩斑斓的彩虹出现在林德上空,它的一端延伸到远方,而另一端仿佛是直接从旅店破败的屋顶上生长出来的。

"天呐……"雅斯科尔喃喃道,"太安静了……他们没命了。不是自相残杀而死,就是被我放出来的界灵杀掉了。"

"过去看看才知道,"弗拉提米尔拿皱巴巴的帽子擦了擦额头,说,"没准只是受伤了。要不喊个医生过来?"

"直接叫掘墓人来吧。"克莱普道,"我很了解那女士,猎魔人肯定也是凶多吉少。没必要叫医生,应该找掘墓人去墓地挖两个深坑。埋葬那叶奈法前,我建议往她身上钉根白杨木桩。"

"太安静了。"雅斯科尔道,"不久前还震天动地,现在却一点声音也没有。"

他们小心翼翼、非常缓慢地靠近旅店废墟。

"吩咐木匠做棺材吧。"克莱普道,"告诉木匠……"

"先别说话。"艾迪尔打断他,"有动静。那是什么声音,奇瑞丹?"

精灵撩开尖耳上的头发,侧过头去。

"听不太清……我们再靠近点。"

"叶奈法还活着。"雅斯科尔突然说。在音乐的陶冶下,他的听力已变得非常敏锐,"我听到了像是呻吟的声音。听,她又呻吟了一声!"

"啊哈!"艾迪尔道,"我也听到了。她在呻吟。她一定非常痛苦。奇瑞丹,你去哪?小心点!"

精灵透过破窗往里面看了看,接着退了回来。

"我们走吧。"他简短地说道,"别打扰他们。"

"他们俩都还活着?奇瑞丹?他们在干吗?"

"我们走吧。"精灵再次说道,"让他们单独待一会。让她、他和他那最后的愿望在那待一会吧。我们找家酒馆坐坐,用不了多久,他们就会来找我们。而且是两人一起。"

"他们在干吗?"雅斯科尔很好奇,"说啊,该死的!"

精灵笑了笑,那笑容非常非常悲伤。

"我不喜欢那些崇高的词语。"他说道,"可是不用那些词,又不知道该如何形容。"

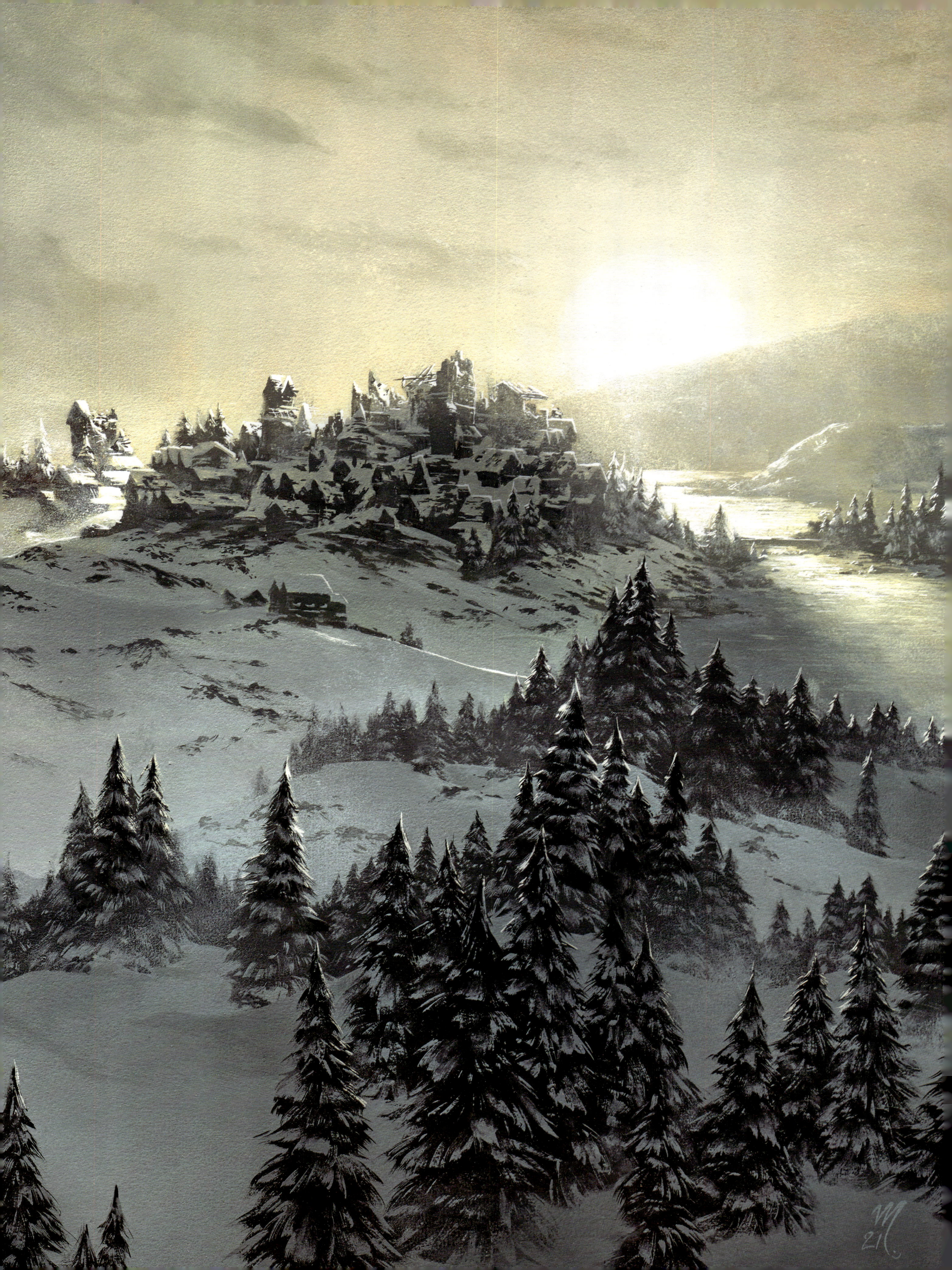

"这页上的图案是我为了绘制人物预先做的一些功课：正脸的形象、侧面的形象、大体的轮廓、具体的细节……使用电脑工作十分方便灵活，能够让我们尝试不同的服装。创作杰洛特这个人物的时候，我延续了前两任画师——蒂莫泰·蒙田和乌戈·潘森已经建立好的体系，仍然还是使用了演员大卫·杜康作为模特。"

——米卡埃尔·布尔吉安

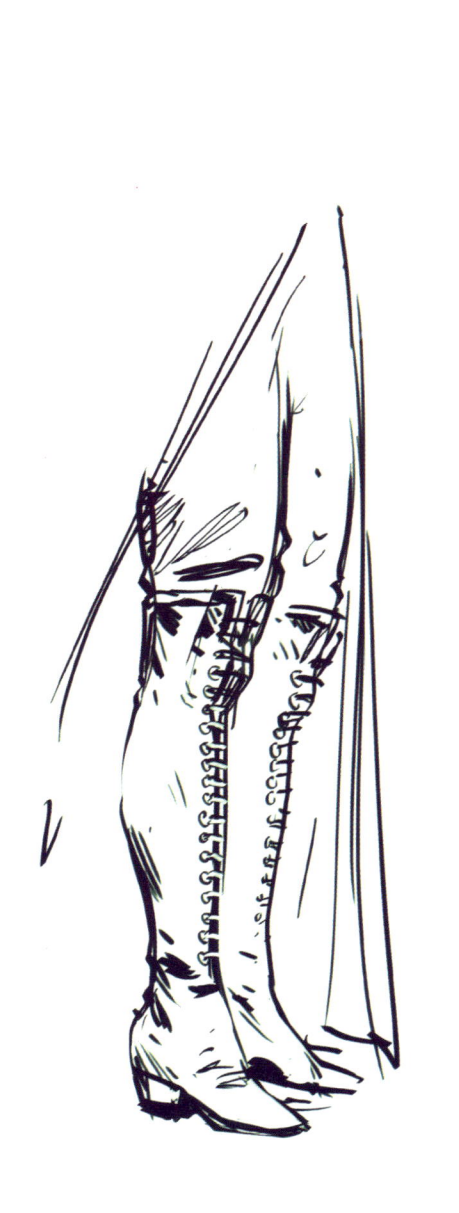

"关于对叶奈法的创作。要在这本绘画集中体现出她的形象,对我来说是十分艰巨的任务。她要优雅、要魅惑,因为她身具魔法,还能掌控杰洛特,我将她的裙子设计成随时都能行动的样式。她在裙子之下穿着靴子,还穿着一套随时准备对抗迪精的服装。"

(法语翻译协力:小酻)

"创作一幅场景的过程:首先我需要有故事情节,在情节的基础上进行构思;与此同时,也必须要思考构图、视角和整体的氛围。这一步能确定下来每幅场景主要想表现什么,还能确定下来文字内容放在哪儿。接着就是素描了,在这一步中,我会细致地打磨人物表情、姿态,还有空间装饰……最后,我才在纸张上以丙烯颜料进行作画。"

致 谢

感谢布拉热洛涅出版团队，尤其要感谢皮埃里克和法布里斯，他们向我推荐了这个项目，达成了这次合作！

感谢蒂莫泰·蒙田和乌戈·潘森，他们分享了之前的文件，这对我沉浸式地进入猎魔人的世界有极大的帮助。

感谢大卫·杜康，他再次提供了自己的形象作为杰洛特的参照，还远程为项目拍摄了照片。

最后，感谢我的爱人辛迪，感谢你宝贵的帮助、犀利的眼光，以及在整个项目期间对我的支持。感谢你在六年半中为我带来的光！

M.B.